http://www.bbulmedia.com

http://www.bbulmedia.com

劍聖戰
검 성 전

劍聖戰
검 성 전
환유 신무협 장편 소설
5
검성(劍聖)

목차

1.
육의육신류(六義六神流)

태오가 협유곡에 찾아갔다는 소식은 은연중에 강호무림에 퍼져 있었다.

강호 사람들은 태오의 일백 장 이내에 접근하지 못했지만, 그밖에서 태오의 동선(動線)을 예측한 것이다. 그리고 태오의 동행으로 묘령의 여인(女人)이 함께 동행했다는 소식이 들려서 흥미를 더하게 했다.

과연 강호 최대의 살성(煞星)으로 떠오른 태오와 함께 다니는 여인의 정체는 무엇이란 말인가? 태오의 손에서 살아남은 자들의 말에 따르면 무공 수위는 변변치 않지만 담량이 크고 무척 용모가 아름답다는 말이 있었다.

당연히 태천맹을 비롯해서 관중 근처에 있는 굴지의 문파들의 이목은 협유곡이라는 기이한 장소에 쏠리게 되었다. 하지만 정작 관중을 주름잡고 있다고 볼 수 있는 화산파(華山派)는 협유곡에 신경을 쓰기 싫어했다. 정확히는 금지(禁地)나 다름없는 장소라고 했다.

화산파의 대장로이자 한때 검선이라는 칭호까지 얻었던 초절정고수는 화산파를 방문한 무림의 절정고수들에게 단호하게 말했다.

"살고 싶다면 가지 않는 게 좋소. 화산파는 이 일에 관여하지 않겠습니다."

강호의 내로라하는 고수들이라고 해도 화산파의 대장로에게 감히 따져 물을 담량을 가진 자는 그다지 없었다. 이유를 얼버무린다면 이 세상에서 태천맹주 이외에는 그 비밀을 들을 수 없는 것이다. 하지만 개중에서는 나름대로의 무명(武名)이 꿀리지 않는 초절정고수들이 있어서, 은근히 말했다.

"화산파에서 태오를 잡을 의지가 없다는 말로 보아도 좋소이까?"

"그런 이야기가 아니오. 강호의 악적을 잡으려 하더라도 용기와 무모함을 구분해야 한다는 뜻이외다."

"무모함? 대체 협유곡이 어떤 곳이길래."

"내가 장문인 대신에 나와서 직접 강호 동도들께 말씀을 드리는 건, 나중에 알면서도 방조했다는 치졸한 강호의 뒷소문이 두려워서요. 오해의 소지가 있다면 좀 더 직접적으로 말하시길 바라오."

"……."

그들 중에서는 사파의 최절정고수인 홍령군(鴻零君)이나 종남파 장문인도 있었으나 어쩌질 못하고 이만 부득부득 갈아 대었다.

화산파는 무당파, 소림사 바로 다음 가는 정파 삼 위의 성세를 떨치는 거대 문파. 더욱이 화산파 대장로는 검귀(劍鬼)에게 패하긴 했어도 지닌 본신의 무력이 어검술(御劍術)의 경지라는 초고수였다.

득보다 실이 많을 거라고 판단한 무림문파의 군웅들은 제각기 흩어졌다. 그리고 협유곡으로 바로 짓쳐 들어가지 않고 숨을 죽였다. 화산파 대장로가 경고했을 정도면 결코 협유곡은 만만한 곳이 아닌 것이다.

"흥, 겁쟁이들! 우리가 소광검마 태오를 때려잡아 주마!"

당연히 넓디넓은 강호에는 자신들의 무공과 자신감만으로 살아가는 자들이 있었다.

그들의 숫자는 물경 오십여 명이 훨씬 넘었고, 그들 하나하나가 나름대로의 명성을 보유한 자들이었다. 여태껏 태오가 쓰러뜨려 온 추적자들에 비해서 결코 떨어지지 않는 자들이었다.

그들은 확신하고 있었다.

'태오의 목을 베는 자가 바로 무림의 차기 영웅(英雄)이나 다름없다!'

소광검마 태오는 근 사오십 년간 나타난 마두(魔頭) 중에서 가장 특이한 존재였다.

사람은 거의 죽이지 않으면서도 태천맹의 현판을 박살내고 천룡육신군 중 하나를 죽였다. 자체적으로 지닌 공격성이 높지 않으면서도 악행은 선명하다? 당연히 군침 돌 만한 사냥감인 것이다.

그들은 무리를 지어서 단박에 협유곡으로 쳐들어갔다.

일류급 이상의 고수가 오십여 명 이상 결집했으니, 가히 무림에서 어떤 문파도 단일세력으로 감당하기 힘들 정도였다. 태오의 악명이 그만큼 높았던 것이다.

무림에 다시 충격적인 소식이 들려온 것은 그로부터 약 삼 주야가 지나서였다. 안개로 둘러싸인 거대한 산맥에 삼켜지듯 돌입했던 무림고수들 중에서 살아나온 것은 오직 한 명뿐이었다.

그는 번령마검(繁囹魔劍) 임문추라는 자로서, 관중에서 알아주는 쾌검의 달인이었다. 또한 소광검마 태오의 사냥에 가장 열성적인 의지를 보인 자로써 사람들을 앞서서 선동한 적이 있었다.

화산파 앞에 피투성이가 된 채로 도착한 임문추는 화산파의 장문인을 보기를 청했다.

화산파의 장문인은 일대일로 임문추를 대면한 자리에서 씁쓸한 얼굴로 중얼거렸다.

"자네는 이미 죽어 있군, 번령마검 임문추."

임문추는 화산파 장문인의 말에 전신을 부르르 떨었다. 의혹어린 눈길로 그를 응시하던 임문추는 이내 굵은 눈물을 뚝뚝 흘리며 말했다.

"내가 어리석었소. 그대들의 말을 들었어야 했거늘."

임문추의 말에는 회한이 가득했다.

"그 마왕(魔王)이 무슨 말을 전하라고 하던가?"

"……당신들은 이미…… 협유곡주의 정체를…… 알고 있었구려……."

임문추가 고개를 떨구자, 화산파 장문인 천비검선(天緋劍仙)은 길게 한숨을 쉬었다. 안타까움이 스며들어 있는 목소리였다.

"하아? 알 수밖에 없네. 화산파는 협유곡주와 불간섭, 부전조약을 맺고 있지. 태천맹주께서 말이 없으시고 천룡육신군도 정비를 하고 있는 중이라서 강호에 널리 알리지 못한 게 한스럽군. 그 많은 목숨이 한 번에 스러지다니."

"그자…… 협유곡주는 인간이 아니오. 그런 무공을 인간이 지닐 수 있다니."

"자네에게 남겨진 시간은 얼마인가?"

모든 걸 알고 있는 듯한 천비검선의 물음에 임문추가 말했다.

"앞으로 두 시진 남았소."

"그렇군. 자네에게 편안한 최후를 주도록 하겠네."

"감사하오…… 정말 감사하오."

임문추가 눈물을 계속해서 흘리자 천비검선의 마음도 편하지 않았다.

단신으로 화산파 전체의 무력(武力)과 대등한 마왕에게 함부로 도전해서 이 꼴이라니! 화산파라고 하더라도 비밀수련동에 은거하고 있는 전대고수들을 모두 호출해야 그자와 양패구상할 것이다.

무모함에 절로 혀가 차졌지만 천비검선은 자비의 마음을 갖기로 했다.

'이건 화산파의 업일지도 모른다. 진작에 태천맹의 전력을 동원해서 그를 없애려 했다면 협유곡이 완성되기 전에 쓰러뜨릴 수 있었을 텐데…… 하지만 지금은 협유곡주의 심기를 건드려서는 안 된다.'

강호에 알려지지 않은 사실이지만, 현재 정파 십삼대 문파와 각종 정파 문파의 연합체인 태천맹의 맹주인 초염권성은 실종된 상태다.

맹주 다음가는 초고수인 천룡육신군이 맹주의 실종을 감추고 태천맹을 운영하고 있지만, 태오에게 한 명이 죽으면서 혼란이 가중되었다. 전성기에 비하자면 전력이 삼 할이나 줄어들었다고 볼 수 있는 것이다.

적어도 맹주가 귀환하고 태천맹의 체계가 안정될 때까지는 협유곡주 같은 절대고수와 부딪혀서는 안 된다. 천비검선이 생각을 하고 있을 때 임문추가 말했다.

"이제 전언을 전하겠소."

"말하게. 경청하겠네."

"협유곡주는 말했소. '너희가 어째서 찾아오는지 알고 있지만 거부하지 않겠다. 그러나 시체의 숫자가 일천 구가 넘는 날, 협유곡을 침입한 자들과 관련된 모든 인간은 살아남지 못할 것이다.' 라고."

"일천 구라……. 생각보다 넉넉하게 잡았군."

천비검선은 씁쓸하게 웃었다.

협유곡주가 화산파의 통제력을 불신하고 있음과 동시에, 협유곡주 스스로가 피맛을 보기를 원한다는 뜻이었다. 어중이떠중이는 협유곡에 발을 들이면 더할 나위 없이 처참하게 살해되고 말 것이다. 부나방이 불꽃에 타 죽듯이.

"알겠네. 그 말을 꼭 강호에 전하겠네."

천비검선은 그 이후로 약 한 시진 동안 느긋하게 임문추와 이야기를 하고, 그를 다독였다. 그러고 임문추가 마음을 다잡고 정좌를 하고 눈을 감자 자리에서 일어섰다. 천비검선이 이십사수 매화검의 기수식을 잡자 임문추가 유언을 남겼다.

"내게 자식이 없어서 다행이오. 터무니없는 짐을 남길 뻔했군."

"그런 셈이지. 잘 가게, 임문추."

"고맙습니다 천비검선……."

촤악!

임문추의 목이 하늘을 날았다. 검기(劍氣)가 초상승의 경지에 오른 천비검선의 일검이 더할 나위 없이 깔끔하게 절단한 것이다. 임문추는 죽는 순간에도 따끔 하는 느낌밖에 들지 않았다.

천비검선은 하늘을 나는 목을 허공섭물의 수법으로 잡아챈 후, 피가 쏟지 않도록 조심스럽게 나무갑에 담았다.

드르륵 하면서 나무갑이 닫히자 천비검선이 한숨을 쉬었다.

"후우. 태오를 잡는 건 당분간 힘들겠구나. 그러면 이제 우리가 해야 할 일은, 맹주님을 먼저 찾는 것인가?"

호랑이굴에 태오가 있다면 억지로 빼낼 이유는 없다.

어차피 소광검마 태오에게는 대부분 괘씸죄가 적용되어 있을 뿐, 그 자체의 무공이 태천맹에 큰 위협이 되는 수준은 아니다. 하지만 괜히 나섰다가 협유곡주를 건드리면 그게 제일 위험하다. 협유곡주야말로 마교(魔教) 최후의 정통 후계자라고 할 수 있는 존재이기 때문이다.

하지만 태천맹주, 초염권성이라면 협유곡주 길상을 일대일로 쓰러뜨릴 수 있을지도 모른다. 초염권성이 맹주에 취임할 때 천룡육신군 전원을 다섯 수만에 제압해서 무릎 꿇린 일은, 강호 전체에 유명한 신화(神話)나 다름없는 일대 사건이었다.

그는 정파무림인 중에서도 격이 다른 위치에 올라 있었다.

천비검선이 일대제자를 불러서 목갑을 번령마검의 본가에 가져다주도록 시켰다. 그리고 그는 나직이 중얼거렸다.

"유극문(有極門)이 신경 쓰이는군. 그자들은 뭔가를 알고 있을 것이다."

천룡대공이 나오는 날, 모든 게 정리된다.

그전까지는 정보를 모을 만큼 모아야 했다.

"여긴 어디야?"

나는 산을 헤맨 지 사흘째, 결국 내가 있는 위치를 알아내는 걸 실패했다는 사실을 인정해야만 했다.

지금까지도 계속해서 산골을 헤매기는 했지만 여기는 정말로 인가(人家), 인기척 하나 없는 무시무시한 산골이었다. 절진(絕陣)도 아니면서 이 정도로 순수한 자연의 궁벽한 산골은 본 적이 없다.

그나마 한 가지 짐작할 수 있는 건, 여기가 중원(中原)은 아니란 것이다. 곳곳에 피어 있는 풀이나 나무는 내가 생전 처음 보는 것이었다. 화북이나 강남, 호북, 천산까지 모두가 본 나로서도 모른다면 다른 나라라는 뜻이다. 그리고 날씨가 굉장히 더운 편이라서, 중원의 남부라는 사실은 짐작할 수 있었다.

'아마 남만국(南蠻國) 어딘가겠지. 그보다 더 밑에는 왜국(倭國)이 있다던데……'

운남성에는 이민족이 많이 살지만 여기는 그보다 더할 것이다.

운남성이라면 한족이 일 할에 지나지 않고, 구 할이 이민족이다. 말이나 행동이 모두 못 알아들을 가능성을 대비해야 할 것이다.

나는 쓴웃음을 지었다.

"하긴 여기에 있으면 안전하긴 하겠군. 설마 관중에서 남만까지 올 거라고 생각하진 못할 테니."

최소한 천 리 길도 넘으니 마음이 도리어 편하다. 여기에 몇 년간 심산유곡에 숨어 있다가 검성전이 열리는 해에 중원으로 돌아가면 그만인 것이다. 탈혼경의 관리자, 환룡에게 도리어 고마운 마음이 들기도 했다.

환룡 생각을 하니까 갑자기 내게 걸린 저주가 생각나서 답답해졌다.

죽을 때까지 검성을 찾아내지 못하면, 영혼이 박살 나는 고통을 영겁의 세월 동안 겪게 된다니! 잘못 걸렸다는 생각과 함께 환룡에 대한 복수심이 불타올랐다.

"제길, 두고 보자. 그놈의 탈혼경, 내가 없애 주마!"

우르르릉.

호기롭게 만장단애 위에서 외치자 저절로 사자후(獅子吼)가 되어서 울려 퍼졌다.

천지사방이 쩌렁쩌렁 울렸지만 역시 인기척이 없었다. 나는 속으로 실망했다.

'음. 언제까지 멧돼지를 먹을 수도 없는 노릇이고…… 가끔은 사람이 만든 걸 먹고 싶은데.'

이렇게까지 사람이 없는 곳은 처음이다. 무려 사방 오백 리를 헤매는데 사람 그림자도 안 보이다니! 내가 한숨을 푸욱 내쉬고 있을 때였다.

"당신은 한족(漢族)인가?"

"……!!"

파앗!

나는 번개처럼 경공을 발휘해서 그 자리를 피했다.

소리가 들려온 건 약 일 장 반의 거리였는데, 정확하게 내 경계 범위에 닿아 있었다. 그 말은 상대방의 신법이나 은신술이 틀림없이 초절정고수의 반열에 올라 있다는 뜻이다.

나는 물러서서 갑자기 출현한 괴인을 응시했다.

'피부가 까무잡잡하군.'

상대방은 햇빛을 많이 받아서인지 상당히 시꺼먼 안색이었다. 다만 이목구비가 매우 뚜렷하고 단정해서 미남이라 할 수 있었고, 곱슬곱슬한 머리칼이 이민족이란 걸 증명하고 있었다. 복색 또한 반쯤 헐벗은 상태였다.

엉거주춤한 자세로 보이지만 저것 또한 상당히 연마된 무술의 자세였다.

허점이 많아 보이지만 나는 상대방에게서 빈틈을 찾지 못했다. 적어도 나와 동급의 경지에 올라 있는 달인이 분명해 보였다.

그보다 방금 전에 상대방이 했던 말은 한족의 한어 그 자체. 어설픈 발음이긴 했지만 강남의 억양이 섞여 있었다.

나는 상대방을 경계하면서 말했다.

"맞소. 나는 한족인데, 그쪽은 남만족이오?"

"나는 산월(山越) 사람이다. 중원인이 어떻게 여기까지 온 것이냐?"

산월?

그렇다면 여긴 남만이라기보다는 중원의 최남단, 남해도 근방이라고 할 수 있을 것이다. 여기도 한족은 거의 없고 각종 이민족이 난립하는 곳이다. 중원에서 그리 멀지는 않다는 생각에 안도의 한숨을 쓸어내렸다.

"나는 중원에서 소광검마(小狂劍魔)라고 불리던 무림인이었소. 중원 사람들을 피해서 도망치고 있었소."

일단은 솔직하게 말하기로 했다. 나보다 무공이 약했다면 대충 경공으로 따돌리거나 싸웠겠지만, 상대방의 무공을 측정하기가 힘들다. 그러므로 함부로 충돌하지 않고 솔직하게 말해서 이 자리를 벗어나는 편이 나았다.

산월 사람은 고개를 갸우뚱하더니 말했다.

"처음 듣는다. 아무튼 너는 무림인이란 말이구나."

"그렇소만."

"그러면 나를 따라와야겠다."

"왜?"

"너처럼 수상한 자가 계속해서 숲을 배회하고 있으니 다들 불안해한다. 결계(結界) 때문에 다들 너의 이목을 피했지만 다들 네가 두렵다고 여기니, 따라와 줘야겠다."

결계라.

그러고 보니 이상하다는 생각이 들었다. 협유곡에서도 느꼈던 기묘한 이질감이 계속 감각을 간질이긴 했다. 남쪽이라서 기분 탓이라고 생각했지만, 그건 사람을 헤매게 하고 이목을 차단하는 특수한 결계였던 것이다.

그리고 눈앞의 산월족 사내는 아마도 산월부족에서도 엄선된 고수일 것이다.

중원에 가면 당장이라도 삼십 위 이내에 들 정도의 초절정고수였다. 이민족들의 무공 수위도 결코 얕볼 수 없다는 걸 느꼈다.

'음…… 어떻게 하지?'

상대방도 나와 함부로 손을 섞을 생각은 없어 보였다.

나처럼 수상쩍은 인간은 당장이라도 죽이거나 불구로 만들고 싶겠지만, 이렇게 굳이 중원어를 하면서 접촉을 했다는 것. 그건 상대방도 내 실력을 가늠했기 때문에 섣불리 생사결전을 벌이고 싶지 않다는 뜻이었다.

여기서 그의 경고를 무시하고 도망치거나 싸운다면, 그때는 이 일대의 산월부족과 목숨 걸고 겨뤄야 한다는 뜻이다. 나는 상황을 이해한 후 고개를 끄덕였다.

"알겠소, 따라가겠소. 그런데 하나 질문이 있소."

"뭐냐?"

"산월부족에는 당신 같은 고수가 당신 하나뿐이오? 깜짝 놀랐소."

그는 싸늘하게 웃었다. 비웃음은 아니었지만 가당찮다는 반응이었다.

"너도 뛰어난 실력을 지니고 있지만, 그 정도로 자만할 정도는 아니라고 본다. 내 부족에는 나와 대등한 실력을 지닌 자가 세 명이 더 있다."

"……!!"

세 명이나?!

나는 깜짝 놀라서 주춤거렸다.

등골에서 식은땀이 흘렀다. 내가 황급히 기를 돋우자, 확실히 반경 오십여 장에 희미한 인기척이 있었다. 그 숫자가 정확히 세 명이라서 안색이 굳어졌다. 아마 그자들이 상대가 말한 고수들일 것이다.

산월인이 나직이 말했다.

"이제 눈치챘나 보군. 내 친구들과 겨루고 싶다면 반항해도 좋아."

"믿어지지 않는군…… 중원에서 평생 한 번 보기도 힘든 실력자들이 이렇게 많다니, 산월부족의 무공이 이렇게 뛰어나단 말이오?"

내가 혀를 내두르자 산월인이 말했다. 나름대로 추켜세워 주는 말을 듣자 기분이 좋아진 모양이었다.

"부족장께선 우리의 스승이시다. 무례를 범하지 마라."

"흐음."

"따라와라."

"잠깐! 당신 이름은 뭐요?"

산월인은 내 쪽을 돌아보더니 말했다.

"너희 쪽 발음으로는 린나이(麟柰)다."

파앗!

린나이는 말이 끝나자마자 육지를 날듯이 그 자리를 도약했다. 내가 도망갈 거라고는 생각도 하지 않는 모습이었다. 그만큼 자신과 동료들의 실력에 자신감을 지니고 있다는 뜻이라서, 나는 별 수 없이 린나이를 따라서 신형을 이동시켰다.

일 보에 약 이십여 장을 날듯이 따라가자 린나이와 거리가 약간씩 좁혀졌다.

린나이는 일부러 내가 따라오기 쉽도록 속도를 조절하는지, 아무런 감정의 동요가 없어 보였다. 그리고 린나이가 웬 동혈에까지 왔을 때 전음을 보내 왔다.

[잠깐 기다려라.]

린나이의 몸은 마치 빨려 들듯이 시꺼먼 절벽의 동혈로 사라졌다. 절벽 한가운데 있는 동굴은 적어도 지상에서 십 장 높이에 있었는데, 단지 몇 걸음으로 간단하게 올라가는 걸 보니 린나이의 경공이 엄청나다는 사실을 알 수 있었다.

나는 모습을 숨긴 채 나를 감시하는 세 명의 초절정고수들을 감지하며 혀를 내둘렀다.

'중원의 무학이 제일이라는 말이 헛말이군. 산월족의 무학이 이 정도라는 걸 알게 된다면 중원 사람들은 결코 자만심이나 허세를 부리지 못할 것이다.'

산월에 있는 네 명의 초절정고수만 해도 중원의 대문파 몇 개를 휩쓸고도 남을 수준이다.

나는 린나이를 따라서 동혈 안으로 들어갔는데, 동혈의 깊은 곳에서 강한 기운이 흘러나오는 게 느껴졌다. 적어도 린나이 이상의 고수가 있는 게 틀림없었다.

"린나이. 누굴 데려온 것이냐?"

약간 늙은 노인의 목소리가 들려왔다. 린나이는 어둠 저편에서 들려온 목소리에 무릎을 꿇으며 대답했다.

"스승님, 결계를 배회하던 중원인을 데려왔습니다."

"그렇군."

"이름이 태오라고 합니다."

"알 바 아니다."

파앗!

"……!!"

대답이 끝나자마자 목소리의 주인공은 말 그대로 번개처럼 눈앞에 나타났다. 나는 노인이 앞에 설 때까지 전혀 움직임을 보지 못했는지라 살짝 얼어 버리고 말았다. 이렇게 빠른 경공은 협유곡주 이래로 처음 본다.

노인의 인상은 전형적인 남만인(南蠻人)이었다. 까무잡잡한 피부에 서역 사람 특유의 뚜렷한 이목구비, 그리고 남만인들이 지니고 있는 독특한 외형.

딱히 언급이 없다면 다들 그를 월노 정도로 여길 것이다. 하지만 평범한 인상과는 다르게 길게 기른 수염에서 상당한 위엄이 느껴졌다.

노인은 힐끔 나를 쳐다보니 말했다.

"허깨비 놈이로군. 무슨 난리가 터진 건지 알지를 못하겠다."

허깨비?

나는 그가 나를 허깨비라고 칭하자 황당한 기분이 들었다. 나는 멀쩡히 살아 있는데 마치 대놓고 무시하는 느낌이 든 것이다. 나는 노인에게 항의했다.

"무슨 말이오? 내가 왜 허깨빈데?"

"허깨비 맞지. 네가 생명체(生命體)라고 생각하느냐."

"……?"

무슨 말인지 모르겠다. 노인은 설명하기 귀찮은 듯 짜증나는 표정을 지었지만, 이내 자기소개를 했다.

"나는 흉신(凶神) 이고훈이다. 네 녀석의 장난질에 장단맞춰 줄 정도로 허투루 살아오진 않았다."

"흉신! 흉신악살의 한 명이란 말이오?"

나는 깜짝 놀랐다.

설마 이 남만인이 중원 최대의 마두이자, 검성(劍聖)의 호적수라고 칭해졌던 마도의 절대자, 흉신 이고훈이라니! 어이가 없었지만 다음 순간 그럭저럭 납득이 되었다. 지금의 내 무공은 적어도 초절정급을 넘어서는데 나를 이렇게 무시할 정도면 진짜일지도 모른다는 생각이 든 것이다.

자칭 흉신은 나를 쳐다보며 말했다.

"보아하니 환룡(幻龍)이 관련된 일이군. 귀찮으니 썩 꺼져라."

"뭐라고?"

"중원이 한동안 어지럽겠지만 나와는 상관없는 일이다."

나는 기가 막혀서 잠시 서 있다가 날카롭게 말했다.

"당신이 흉신인지 뭔지 모르겠지만 어떻게 환룡을 알고 있소? 혹시 환룡의 정체도……."

"알고 있지."

흉신 이고훈은 심드렁하게 말했다.

그는 왠지 하체가 불편해 보였다. 벽에 기대듯이 앉은 이고훈은 나를 물끄러미 바라보더니 말을 이었다.

"분명히 되지도 않는 거래를 한 거겠군. 너 같은 녀석이 천하를 혼란스럽게 하는 거다."

"……."

거래를 한 건 사실이다.

이고훈이 환룡, 탈혼경, 진짜 '태오'에 대해서 많은 걸 파악하고 있다고 생각한 나는 그에게서 조금이라도 더 정보를 얻어 내야 한다는 생각이 들었다. 보통 사람은 절대 환룡의 정체를 알 수 없는데 나를 보자마자 환룡과 관련 있다는 걸 알고 있다면, 상대는 진짜 흉신 이고훈이 틀림없다.

그때 옆에서 듣고 있던 린나이가 말했다.

"스승님, 그냥 죽여 버리는 게 어떻습니까?"

죽인다고?

나는 머리에 열이 뻗침과 동시에 등줄기가 싸늘해지는 걸 느꼈다.

나와 동급이거나 그 이상의 고수가 이 자리에 네 명이나 있다. 내가 웬만큼 재주가 좋아도 살아나기는 힘들 것이다. 게다가 흉신 이고훈의 실력은 짐작조차 되지 않는 것이다.

어쩌면 내가 마지막으로 만났던 협유곡주 길상만큼 강할지도 모른다. 내가 전신에 기를 끌어 올리며 긴장하고 있을 때 흉신이 말했다.

"그럴 필요도 없다. 지금 이놈은 삼십육분신(三十六分身) 중 하나에 불과하니까."

방금 무슨 소리를 들은 것인가.

"분신? 내가 분신이라고?"

얼토당토않은 소리다.

지금 나는 숨을 쉬고, 생각하고, 살아 있다. 심지어 내 피와 심장의 고동도 그대로 느껴진다. 무공도 고스란히 쓸 수 있는데, 내가 어떻게 분신 같은 허깨비일 수가 있단 말인가.

"흠, 일단 이야기를 해야겠군."

내가 살기를 그대로 노출하자 흉신 이고훈이 한숨을 내쉬며 내게 손짓을 했다.

"일단 거기 의자에 앉아 보아라. 설명을 해 줄 테니."

* * *

"네겐 기억이 없을 게다."

처음으로 흉신이 꺼낸 말은 내가 기억상실이라는 진단이

었다. 나는 황당한 표정을 지었지만 이내 이어진 말에 얼굴을 굳혔다.

"이 지역에 오기 직전의 기억이 끊겨져 있을 거다. 분명히."

"……그렇습니다."

어느새 나는 공대를 하며 조심스럽게 대답하고 있었다.

흉신 이고훈의 말은 사실이었다. 이 남만의 밀림에 들어오기 직전에는 분명히, '무당산' 쪽으로 향하고 있었다. 그런데 뜬금없이 남만의 어딘가에 와 버린 셈이다.

'좀 이상하긴 했어.'

아까는 위화감을 별로 못 느끼고 당연히 그래야 하는 것처럼, 이 부근을 탐색하고 있었다. 이제 흉신이 내게 지적해 줌으로써 겨우 위화감을 느꼈다.

나 스스로도 이상한 일이라서 고개를 갸우뚱하고 있을 때 흉신 이고훈이 씁쓸하게 말했다.

"일단 너와 환룡이 맺은 거래의 내용을 말해라. 그래야 일의 전모를 파악할 수 있다."

나는 스스럼없이 대답했다.

"탈혼경의 관리자, 환룡은 내게 검성(劍聖) 본인을 찾아낼 것을 의뢰했소. 검성을 찾지 못하고 내 목숨이 끊어지면, 환룡은 내게 무한한 고통을 준다고 했고."

“……검성이라. 환룡 놈은 정말로 별의별 수를 다 쓰는구나.”

흉신은 피식 비웃음을 짓더니 팔짱을 꼈다. 생각을 머릿속에서 정리하는 것처럼 보였다.

흉신의 제자인 린나이와 일동들은 우리 주변에 시립해서 대화를 듣고 있었다. 흉신 이고훈은 제자들을 둘러보며 말했다.

“너희는 일단 돌아가라. 오래 걸리지 않을 거다.”

“네.”

파앗!

초절정의 경공술로 흉신의 제자들이 사라지자 그때가 되어서야 흉신은 말을 꺼냈다.

“육합귀진술(六合歸盡術). 그게 지금 네가 분신이 된 이유다.”

“육합귀진술?”

흉신이 설명을 시작했다.

“이 세상이 한차례 크게 변동하기 이전부터 있었던 술법이라고 들은 적 있다. 효과는 뭐 단순하지. 자신의 분신을 만들어 내서 뿌리는 것뿐이다. 분신의 개수는 총 서른여섯 개이지.”

“무슨 소리인지 모르겠군. 나는 무공을 익힌 지도 일 년

남짓일 뿐이고, 술법 같은 건 익힌 적도 없소."

흉신은 차가운 웃음을 지었다.

"그건 네 생각일 뿐이지. 환룡과 연관되었다면 넌 틀림없이 탈혼경(奪魂經)의 주인이다. 탈혼경의 주인은 시공을 넘나들며 어마어마한 지식과 경험을 축적하므로, 육합귀진술 정도 쓰는 건 일도 아니지. 십절대진(十絕大陣)도 가능할진대."

"탈혼경! 탈혼경을 알고 있군."

나는 흉신이 탈혼경을 언급하자 새삼 경계의 눈초리를 했다.

나도 내 정체를 알고 난 후에야 탈혼경에 대해서 들어 볼 수 있었을 정도로 은밀한 존재다. 심지어 구성천의 후계자들도 탈혼경에 대해서는 잘 모른다.

그런데 눈앞의 흉신은 자기 손바닥 들여다보듯이 잘 알고 있는 것이다.

흉신이 손을 저었다.

"아무튼 네 본체는 두 가지 목적으로 육합귀진술을 시전했을 것이다. 첫 번째는 검성을 찾기 위해서이다. 환룡이 시킨 일을 하기 위해서는 천하를 제집처럼 뒤지고 다녀야 할 텐데, 숫자가 많으면 많을수록 좋겠다. 초절정고수급 삼십육 인이 돌아다니면 못 얻는 정보는 거의 없을 것이다."

그럴 수도 있을 것이다.

듣고 보니 그럭저럭 일리 있는 소리다. 내가 '태오' 본체라고 하더라도 그렇게 생각할 듯했다.

그래도 아직까지 내가 분신에 불과하다는 걸 인정하고 싶지는 않은지라 조심스럽게 되물었다.

"두 번째는?"

"육합귀진술이 끝나면 분신은 본체로 돌아가서 합쳐진다. 분신이 겪었던 경험과 지식은 모두 흡수되지. 너 스스로의 힘을 키우기 위해서 육합귀진술을 쓴 게 분명하다."

"……."

이건 무슨 개소리일까.

"머리로는 이해하는데 납득 못하는 표정이군. 뭐, 충분히 그럴 수 있다. 자아정체성이란 건 모든 생명체가 지니고 있는 거고, 실질적으로 네가 분신이라고 하더라도 살아서 숨쉬는 생체(生體)를 지니고 있다. 그럼에도 불구하고 네가 분신이라는 사실은 변하지 않지만."

"증거가…… 없잖소."

"내가 어떻게 네가 허깨비라는 걸 알게 된 것 같으냐?"

퍼억!

말이 끝나자마자 흉신의 손이 내 가슴팍에 틀어박혔다.

"어……?"

너무 빠르다. 아니, 시간이 끊겨 나간 것 같다.

예전에 협유곡주 길상과 싸울 때, 그의 무시무시하게 빠른 절초를 마주했을 때와 마찬가지 경험이다. 눈앞의 흉신이 최소한 길상급의 초고수임과 동시에 나와는 비교조차 안 되는 강함을 지니고 있다는 뜻이다.

최소한 초음속(超音速).

문제는 가슴이 전혀 아프지도 가렵지도 않다는 것이다. 심지어는 피조차도 나지 않는다. 몸 안의 뼈가 부서진 느낌도 나지 않는다.

마치 전신이 구름인냥 아무런 감각이 느껴지지 않았다.

내가 허망한 눈으로 가슴을 내려다보자 흉신이 휙 하고 수도(手刀)를 빼내었다.

역시 피가 조금도 묻어 있지 않았다. 흉신이 말했다.

"정교하게 만들어졌지만 결국 분신의 사망이나 소멸을 피하기 위해서 네 전신은 영체(靈體)로 되어 있다. 어지간한 물리적인 공격에는 면역이 있는데다가 재생도 가능하지. 괜히 금기술법으로 불린 게 아니다."

"나, 나는 태오……."

"네가 태오면 어떻고 태오가 아니면 어떤가? 어차피 네 녀석은 탈혼경의 주인이라서 자아정체성 따위 의미가 없을 텐데?"

쿵!

머릿속이 내려앉는 기분이 들었다.

'그래. 내가 누군지 알 게 뭐냐?'

시골 소년 태오로 살아갈 필요는 없다.

그저 나는 나로서 살아가면 그만이다. 내가 만들어진 것에 어떤 목적이 있든 간에 그건 상관할 바가 아니다.

그렇게 긍정적이고 그저 인정하면서 살아가는 게 태오가 살아가는 방식이 아니었던가?

나는 귀중한 가르침을 준 흉신 이고훈에게 고개를 숙였다.

"감사합니다."

"흥! 아무튼 네 녀석을 없애 봤자 삼십육환(三十六幻)의 하나일 뿐이니 의미가 없어서 놔둔 것뿐이다. 그리고 세상에 어떤 일이 일어나고 있는지 알 필요도 있고 말이지."

"이번엔 제가 질문 드리고 싶습니다. 어떻게 탈혼경, 환룡, 검성에 대한 걸 그렇게 잘 알고 계시는 겁니까?"

들려온 대답은 이 세상, 이 무림 세계에 몸을 담은 사람이라면 누구든지 기절초풍할 만한 대답이었다.

"내가 검성의 제자니까."

"네?"

"흉신인 나 이고훈과, 악살 녀석…… 우리 두 사람은 처음부터 검성의 제자였다. 그게 전부다."

"다, 당신들은 검성의 호적수라고 불렸는데……."

내가 말한 건 강호의 역사이며, 당연한 상식이기도 했다. 내가 더듬거리며 되묻자, 흉신 이고훈이 피식 웃었다.

"그냥 그렇게 불리길 원한 것뿐이다. 스승님께서는 세상의 번잡한 일을 싫어하셨으니까, 우리가 대놓고 나서면서 잔챙이들을 처리하며 마도 세력을 정리했을 뿐이다."

"……."

그랬던 거였나.

흉신과 악살이 활동하던 시절, 검성은 천하의 무림을 자신의 무력 아래 넣고 제압했다. 실질적으로 단체를 만들어서 찍어 누르거나 한 건 아니었지만 천하제일이라는 이름 하나만으로도 모두가 복종했다.

그런 검성에게 유일하게 대항했던 게 마도 무림 불세출의 기린아라는 흉신악살 쌍마였다.

그들의 실력 또한 삼백 년 내 마도무림에서 역대 최강이라고 불렸는데, 그런 흉신악살이 사실은 검성의 제자였고, 검성의 연막용으로 마도 무림을 제압했을 뿐이라니.

기가 막혀서 입을 딱 벌리고 있자 흉신이 천연덕스럽게 말을 이었다.

"검성은 영왕수와 탈혼경을 없애길 원했지. 하지만 그리

쉽게 되는 일이 아니었다. 수십만 년, 혹은 수백만 년 동안 윤회를 반복하며 힘과 경험을 얻어 낸 영왕수는 엄청난 재앙이었지. 한 번만 실수해도 검성이 위험해질 정도였다. 결국 환룡에 맞서서 진실을 전하는 역할로 나와 악살, 두 명의 제자가 선택되었고, 모든 정보를 전해 받았지."

나는 조심스럽게 말했다.

"……환룡의 말로는 영왕수가 아예 검성의 상대가 되지 않았다고 했습니다만."

"사실이다. 천 번을 싸워도 영왕수는 스승님을 이길 수 없어. 영왕수는 고작해야 이 세상의 이치를 깨달았을 뿐이지만, 스승님은 처음부터 다른 차원에 있으시니까. 정말로 스승님이 걱정하신 건 그게 아니야."

흉신이 씁쓸하게 말했다.

"스승님은 무한정 이 세상에 머무르지 않는다. 결국 그분도 무(武)의 궁극을 추구하는 구도자일 뿐, 무한히 윤회를 반복하는 영왕수와 영겁토록 놀아 줄 수는 없다는 거다. 스승님께서는 영왕수에 대항할 수 있는 무극(武極)의 고수가 출현하기를 원하신다."

결론은 귀찮음을 피하고 싶다는 건가.

"무극……."

"세간의 무림인들은 초절정 이후의 단계가 어찌 되는지

몰라. 그저 대단하다고만 여기지. 하지만 실제로는 열 단계 이상이 또다시 분류가 되고, 무극의 단계는 그중에서도 최소한 팔 단계에 도달해야 한다."

엄청난 규모였다. 나는 곰곰이 생각하다가 재차 물어보았다.

"당신은 그중에서 어느 단계에 도달해 있습니까? 영왕수는?"

들려온 대답은 충격적이었다.

"무혼십절(武魂十絕)이라고 하는데, 나는 아직 이 단계(二段階)에 도달하지도 못했다. 이 세상에 있는 대다수의 인간이 평생 동안 일 단계도 밟아보지 못하고 생을 마감할 것이다."

"무, 무슨? 초절정 이상 가는 고수들은 의외로 강호중원에 많습니다."

내가 아는 것만 최소한 스무 명이 넘는다.

검성전에서 천룡전에 출전했던 고수들은 모두 초절정고수라고 봐도 좋을 것이다. 게다가 각 문파에 숨겨진 고수들까지 포함하면 더 많을 것이다. 내 반박에 흉신이 고개를 저었다.

"기(氣)를 뛰어넘어서 의(意)를 조종하는 게 일 단계인데, 그걸 또다시 뛰어넘어서 심검(心劍)을 합일해서 무형검(無

形劍)을 사용 가능한 게 이 단계이다. 이 수준만 되어도 반선(半仙)이라고 불리며 속세와는 거의 관련이 없어지지. 그런 고수는 아무리 천하를 뒤져도 세 명을 넘지 못한다."

"……."

"영왕수의 힘은 오 단계(五段階)의 절대자와 비슷하다고 검성께서 말씀하셨다. 그렇기 때문에 영왕수가 깨어나면 무림이 멸망할 수밖에 없다는 거지."

흉신의 말대로라면 무혼십절은 한 단계, 한 단계가 하늘과 땅의 차이가 난다. 영왕수의 힘이 오 단계라면 인간으로서는 당해 낼 수 없는 게 당연한 것이다. 나는 문득 생각이 나서 재차 질문했다.

"그렇다면 검성께서는 십 단계에 도달하셨습니까?"

흉신이 피식 웃었다.

"그저 구분하기 위해서 열 단계로 나눴을 뿐, 실제로 삼 단계 이후부터는 인간의 생각이나 논리로는 구분하는 게 무의미해진다. 직접 말씀하신 적은 없지만 이미 무신(武神)이나 다름없다고 본다."

"협유곡주 길상을 알고 계십니까? 그 또한 엄청난 실력자입니다."

"길상은 구성천 서열 이위 무상천마의 전승자이지. 녀석의 힘이라면 나와 겨뤄도 일백 초를 너끈히 버틸 수 있을 것이다."

이런저런 정보를 말하던 흉신 이고훈이 문득 자신의 눈썹을 살짝 누르며 말했다.

"너는 내가 왜 이런 말을 모두 해 주는지 알고 있느냐?"

"……."

사실 흉신이 이런 고급 정보, 극비 정보를 내게 술술 털어놓을 이유는 아무 데도 없다.

방금 말했던 건 하나하나가 세상에 퍼져 나가면 충격과 공포를 만들어 내기에 충분했다. 나와 일면식도 친분도 없는 흉신 이고훈이 내게 털어놓는 건 그 자체로 이상한 일이었다.

게다가 상대는 내가 천하무림의 공적이나 다름없는 암적인 존재, '영왕수'라는 것까지 알고 있는 것이다. 내가 입을 꾹 닫자 흉신이 말했다.

"네가 영왕수와 분리되었다면 이제 네게 남은 건 분리된 순간의 기억과 경험뿐이다. 너도 알고 있겠지만 영왕수가 대단한 건 지속적으로 평행 세계의 경험과 지식을 흡수하기 때문에 숨만 쉬어도 강해진다는 것이지. 그에 반해서 네게 남은 영왕수의 힘과 기억은 한정되어 있기 때문에 너 개인은 결코 영왕수만큼 강해질 수 없다."

"그렇습니까……."

짐작은 하고 있었다.

영왕수의 기억은 방대하고 엄청나게 귀중한 정보도 많았지만, 이것만으로 과연 구성천의 달인과 천하무림의 고수를 모두 제압할 수 있을지는 회의적이었다. 즉, 분리된 순간부터 나는 평범한 소년 '태오'로 돌아왔다고 봐도 무방했다.

뭐 삼 할이나 되는 탈혼경의 정보량은 엄청나게 많지만 강호에 위협이 될 정도는 아니다.

흉신 이고훈이 자신의 눈썹을 꼬더니 말했다.

"사실 스승님께서는 이제 영왕수와 드잡이하는 것도 귀찮다고 생각하고 계신다. 적어도 이 세상에서 영왕수를 근절할 수 없다면, 그에 대항할 만한 무(武)의 집대성을 남기고 가고 싶어 하시지."

"제자인 당신들, 흉신악살이 익히면 되지 않습니까?"

내 제안은 당연한 것이었다.

직계제자가 익히지 않는다면 누가 익힌단 말인가? 흉신은 약간 속이 상한 듯 투덜거렸다. 진심이 느껴졌다.

"가능할 것 같으냐? 스승님이 주신 가르침의 부스러기도 제대로 소화하지 못했다. 천고의 무공 천재로 불렸던 우리조차 이랬는데, 어떤 인간인들 제대로 받아들일 수 있겠느냐?"

"……."

역시 흉신과 악살도 천인일재였다.

"하지만 나는 방금 한 가지의 가능성을 찾았다."

흉신 이고훈은 약간의 탐욕이 섞인 눈으로 나를 바라보았다.

나는 왠지 오싹해져서 그의 시선을 피했다. 마치 먹잇감을 눈앞에 둔 듯한 시선이었기 때문이다.

"영왕수의 힘과 기억을 일부 지니고 있고, 탈혼경에 의식세계를 담근 적이 있어서 정신력 또한 강력하고, 재능 자체가 성장하는 놈이 있다면? 어쩌면 스승님의 진전을 이을 만한 유일한 인간이 될 수 있을지도 모른다."

"그건……."

말 그대로 망상에 불과할지도 모른다.

어쩌다보니 탈혼경이라는 배경이 있었을 뿐, 나는 처음부터 평범한 농촌의 평범한 무지렁이 소년이었다.

모험하다 보니 공주와도 엮이고, 황제 암살과 엮이고, 마교 절대자와 싸우게 되었을 뿐? 실제로는 그냥 꼬맹이일 뿐이다.

인생이 폭풍처럼 흐르다 보니 나 스스로를 대단하다고 생각한 적도 있지만 결코 그렇지 않다.

내가 망설이며 부정하려 하자 흉신 이고훈이 슬며시 말

했다. 마치 아이를 달래는 어른 같은 태도였다.

"네가 하고 싶은 게 뭐냐? 네가 원하든, 원하지 않든 나는 너를 스승님 앞으로 데려갈 것이다. 다만 네 마음속에 망설임이 있다면 결코 검성의 가르침을 받아들일 수가 없겠지. 고민이 있다면 이 자리에서 털어놓아라."

"그러는 당신은 살면서 무엇을 하고 싶었습니까?"

"뭐?"

나는 왠지 억울하고 짜증나는 기분이 들어서 퉁명스럽게 내뱉었다.

의외라는 듯 흉신이 눈을 치켜뜨자, 나는 찔끔하면서도 억지로 말을 이었다.

"당신은 중원팔황을 지배할 뻔하고, 검성이 물러난 후에는 실제로 천하의 패주가 될 기회가 있었잖습니까? 자세한 건 모르지만 이런 남만 오지에서 무엇을 위해서 살아가고 있단 말입니까? 당신은 처음부터 은거기인(隱居奇人)으로 살고 싶었단 말입니까?"

내 말은 모두 사실이다.

흉신악살이라고 불린 두 절대마두는 충분히 천하를 지배할 수 있었다. 그런데 갑자기 후세대로 물려주고는 멋대로 은거해 버린 셈이다. 흉신 이고훈이 눈썹을 꿈틀거렸다.

"죽지 않는다고 해서 제멋대로 내뱉지 마라. 그래도 내 힘으로 너 같은 인형 하나 부숴 버리는 건 일도 아니니까."

인형이라는 말을 들으니 씁쓸해졌다.

그렇다. 나는 진짜 '태오'도 아니고 그저 술법으로 만들어진 분신에 지나지 않는 것이다. 아마 죽거나 부서져도 본체에는 별 타격이 없겠지. 도리어 그렇게 생각하니 더욱 오기가 치밀어 올랐다.

"무협은, 당신이 사는 무림(武林)이라는 세상은 실제로 접하기 전에는 내게 있어서 꿈이나 소설일 뿐이었습니다. 유극문주가 내 발걸음을 끌어 주기 전에는 소설책 한 권에 지나지 않았다고요. 이 세계에 들어온 순간부터 현실이 되었고, 아무것도 남지 않게 되었습니다."

정말로, 이제부터는 헛소리뿐이다.

나는 지금 내가 무엇을 해야 할지도 모르겠다. 혼돈 속의 바다를 눈 감은 채 헤엄쳐서 해저로 기어 들어가는 기분이다.

"그런 내가 이제 무엇을 위해서 살아야 한단 말입니까?"

"네게 아무것도 남지 않았다? 무엇 때문에 그렇게 생각하는 건가?"

흉신이 갑자기 킬킬 웃으며 손을 저었다.

"태오. 너는 이미 겉으로 드러난 무림에서 열 손가락에 드는 무공을 손에 넣었고, 숨겨진 강자까지 포함해서 삼십

위 이내에 드는 무공을 지니고 있다. 십대 중반에 그만한 경지에 오른 자는 무림역사상 검성(劍聖) 어르신을 제외하고는 전무해. 아무것도 남지 않기는커녕 네게는 말도 안 되는 가능성과 미래가 펼쳐져 있지 않느냐?"

듣기 좋은 말이 이어졌다.

백 년 전의 천하제일마두가 내 얼굴에 금칠을 해 줬지만, 나는 퉁명스럽게 대답했다.

"이깟 무공이 무슨 상관이란 말입니까. 어차피 영왕수(靈王獸)와 검성에 비하면 한 줌도 되지 않는 힘에 지나지 않습니다."

그들의 힘이라면 별[星]이라도 능히 파괴할 수 있으리라. 이미 인간이 상상할 수 있는 영역을 넘어서 있다.

"힘은 키우면 되지. 왜 이렇게 징징대느냐?"

"힘을 키울 필요를 느끼지 못한단 말입니다."

"호오."

흉신 이고훈이 흥미가 생긴 듯 상체를 약간 앞으로 내밀었다. 나는 나무를 깎아서 만든 의자에 걸터앉으며 길게 한숨을 내쉬었다.

"하아……. 내게 다가온 모든 일이 너무 꿈같고 비현실적이라서 붕 떠 있는 기분이 들었습니다. 지금도 현실감이 들지 않습니다. 하지만 무림에 속한 모든 사람들에게, 지금

이 순간과 공간은 현실입니다. 내 길이 아닌 것을 걷고 있다면 멈추고 싶은 게 당연합니다.”

“모르는 건 아니다. 나와 악살(惡殺) 또한 검성 어르신의 무위(武威)를 처음 느꼈을 때 그런 기분이 들었다.”

흉신은 잠시 침음성을 흘리다가 말을 이었다.

“흐음…… 하지만 기분과는 별개로, 난 생각조차 해 보지 않은 일이군. 하긴 영왕수와 분리된 자의 고뇌 같은 걸 알 수 있는 인간은 지상에 없을 테지. 나로서는 공감할 수가 없다.”

나는 힘겹게 말했다.

“……모든 사람이 서로를 이해할 수 있는 건 아닙니다.”

나는 끝까지, 복수를 하고 자멸한 알타리를 이해하지 못했다.

알타리에게는 분명히 다른 길도 있었다. 가주나 사악한 무림인만을 척결하고 빠져나올 수도 있었지만, 그는 굳이 자신의 가문이 당한 그대로 복수해 버렸다.

그 계기도 매우 사소하고 변덕스러운 것이었다. 세상에서 알타리를 이해할 수 있는 사람은 오직 그 자신뿐이었을 것이다.

내 짧은 여행에서 만났던 모든 사람들은 자기만의 이야기를 지니고 있었다. 나는 살짝 끼어들어서 삶의 단면을 엿

보았을 뿐이다. 거기서 또 한 번의 상실감을 느끼고 있는 '태오' 라는 정체성이 마음에 들지 않았다.

"……."

흉신은 침묵하다가 말했다. 그 말투에는 약간의 경멸과 조소가 담겨 있었다.

"그래. 너에게 있어서는 영왕수에 의해 무림이 멸망하든, 네가 영왕수를 무찌르고 무림의 영웅이 되든 어차피 같은 일일 것이다. 이 세상 모든 것에 한 줌의 연민과 공감조차 할 수 없는 네가, 대체 무엇을 위해 살아갈 수 있겠느냐?"

"모든 것과 공감할 수 없다고요?"

"그렇다."

흉신 이고훈이 고개를 강하게 끄덕였다.

"너는 보면 볼수록 내 스승, 검성을 닮았다. 그분도 너와 완전히 똑같았다. 이 세상 모든 것을 헷갈려 하고, 번민하고, 상처받고, 끝내 이해하지도, 이해받지도 못했다. 검성 본인은 어떠한 선(善)도 악(惡)도 마음에 품지 않았음에도 결국 그렇게 될 수밖에 없었던 것이지."

"……?"

내가 검성을 닮았다고?

그러고 보니 그런 소리는 몇 번 들었다.

무공의 발전 속도에 관한 것이었지만, 나는 검성을 닮았다는 말을 들은 적이 있다. 하지만 지금 검성의 제자인 흉신이 하는 말은 인격과 관련된 것 같았다. 내가 흉신의 인중을 노려보자 그가 계속해서 입을 열었다.

"검성께서 계속해서 무림을 다스리고, 모든 사마(邪魔)를 척결한다면 강호는 절대적으로 계속해서 평화로울 것이다. 그분의 제자인 나조차도 초절정고수 오십 명 정도는 혼자서 상대할 수 있을 정도니, 그분의 힘은 이미 신(神)의 영역에 도달해 있지. 그런데도 검성께서는 그렇게 하지 않았고 우리 또한 무림의 패권에서 물러났다. 왜인지 알고 있느냐?"

"……."

초절정고수 오십 명이라니 기가 질린다.

검성의 힘은 이미 들어서 알고 있었지만, 아무렇지도 않게 초절정고수 수십 명 단위를 논하는 말투에는 한 줌의 허세도 없었다.

전설의 마두인 흉신악살의 힘은 이미 현 세대의 천룡전(天龍戰) 수준을 아득히 넘어서 있는 것이다. 내가 대답하지 못하자 그가 쓴웃음을 지었다.

"원래 이 땅, 중원 대륙에서 절대최강의 패자(覇者)는 현재 황궁을 장악하고 있는 무황령(無皇靈)과 천마공(天魔公) 일족이다. 천년마교의 정통 핏줄이며 마혈(魔血)까지 보유하고 있어. 원래대로라면 그들은 무협 소설의 절대악(絶對惡)으로 등장해야 족한 신분일 것이다."

뜬금없이 무황령과 천마공 이야기가 나왔다. 언젠가 들은 적이 있는 존재들이다. 문득 궁금해져서 손을 들고 질문했다.

"그들과 북룡제는 어떤 관계입니까?"

"북룡제가 무황령의 스승이다. 마교교주의 혈족과 무공이 분리되어 있었는데, 북룡제가 찾아내서 본래 일족에게 돌려준 것뿐이지."

십만대산 마교가 멸망한 이후로, 마혈을 보유한 일족이 무상천마의 무공을 잃어버리고 있었다는 말이다. 나는 얼추 상황을 이해하고는 고개를 주억거렸다.

"그렇다면 협유곡주는……."

"마교와는 관련 없는 일반 전승자이지. 그래서 역대 순혈 마교교주만이 보유하고 있는 마혈(魔血)이 없다. 기술만을 익히고 있는 반쪽짜리라고 할 수 있겠지."

흉신이 단정 짓듯 말했다.

"정통 마교교주는 무황령이다."

반쪽짜리라고 폄훼 당했지만 분명히 협유곡주는 엄청나게 강하다. 아마 나머지 구성천 전승자들도 그만큼 강할 것이다. 서열 칠 위라고 자칭했던 육합천괘의 전승자인 갑운애루주 강소호도 지금의 나 정도는 가볍게 격살할 만한 실력을 지니고 있었다. 무시무시한 수준 차이에 다시금 전율하고 있을 때 흉신이 말했다.

"아무튼, 지금의 무황령은 악당이 아냐. 도리어 세상의 평화를 위해서 노력한다고. 십만대산의 마교가 남아 있었다면 마교교주가 되어서 마도천하를 부르짖었을 놈인데도 인생이 완전히 뒤바뀐 셈이지."

마교교주에서 황제의 수호령. 극적이라면 극적인 변화였다.

"무슨 말을 하고 싶은 겁니까?"

흉신 이고훈이 차갑게 웃었다.

"검성이라고 하는 절대적인 힘이 존재하는 것만으로도, 절대악으로 불렸던 마교천마의 핏줄이 평화를 부르짖게 되었다. 검성 본인에게는 아무런 악의가 없었지만 수많은 사람들이 휘말려서 피해를 입었다. 절대자가 존재한다는 그 사실 자체가 재앙이 되어 버리는 것이다."

"좋은 일 아닙니까?"

수백 년 전, 십만대산 마교는 마도무림의 절대자였고, 수많은 패악을 저질렀다고 무림 역사에 기록되어 있다. 검성이 그들을 교화시켰다고 나와 있는 무림역사서도 부지기수였다. 내가 반문했지만 반응은 신통치 않았다.

"생각 없이 대꾸하는군. 좋은 일이라고? 너는 무황령과 천마공 앞에서도 그 말을 할 수 있을까?"

이어진 말에 나는 할 말이 없어지게 되었다.

"영왕수와 탈혼경 때문에 한순간에 인생 꼬여 버린 네 처지와, 검성 때문에 혈족이 황궁에 강제로 틀어박혀 버린 그들이 다를 게 뭐냐? 그들은 원래대로라면 십만대산에서 마인(魔人)들의 우두머리로서 떵떵거리고 있어야 했다."

"……."

그렇구나.

상황은 다르지만, 크게 보면 그들과 나는 다르지 않았다.

대꾸할 말이 생각나지 않아서 꿀 먹은 벙어리처럼 서 있자 흉신이 목을 긁적였다. 아직도 말하고 싶은 게 많은 모양이었다.

"스승님은…… 검성은 절대 나쁜 사람이 아니었다. 영왕수를 쓰러뜨리는 김에 무림에 평화도 가져다주려 했지. 하지만 아무리 절대적인 힘을 갖고 있어도 세상일은 꼬이기만 했고, 결국 스스로에게 실망해서 어딘가로 가 버리고 말았다. 그게 검성의 진실이다."

"당신은 검성이 어디에 있는지 알고 있습니까?"

"검성이 어디에 있냐고 물어본다면 어디에나 있다고 대답해 주지. 그것 또한 진실이니까."

"……?"

수수께끼의 선문답이다.

"선문답 아니다 참고로."

내가 당혹해서 머리를 갸웃거리자 갑자기 흉신 이고훈이 껄껄 웃었다.

"생각해보니 너를 굳이 스승님께 데려다 줄 필요도 없겠군. 네가 그렇게 생각하고 행동한다면, 이 세상 누가 말린다고 하더라도 너는 결국 검성에게 도달하게 될 것이다. 너와 스승님은 동일 인물이라고 해도 좋을 만큼 성격이 닮았어."

나는 기가 막혀서 대꾸했다.

"정말로 검성이 당신 스승 맞습니까? 마치 철없는 동생 이야기하는 것 같군요."

"……스승님은 그만큼 외골수였고, 이 세상 어떤 것과도 공감하지 못했다. 인간의 마음을 전혀 알지 못했지. 인간으로서는 실격(失格)을 넘어서 탈락(脫落)에 가까웠다."

흉신이 갑자기 좋은 생각이 났다는 듯 손뼉을 쳤다.

"그거 좋다. 인간탈락! 검성은 인간탈락자였다."

"……."

스승은 하늘과 같고, 그림자도 밟기 힘들어 하는 무림의 생리로 볼 때 흉신의 태도는 아예 상식을 벗어나 있었다.

어이가 없어서 그 자리에 굳어 있자 흉신 이고훈은 의자에 길게 드러누웠다. 왠지 졸려 보였다.

"그건 그렇고 '태오' 서른여섯 명이 무림을 헤집으면 이런저런 일이 생겨나겠군. 강호가 재미있어지겠어."

"전 별로 재밌지 않습니다만."

떫은 얼굴로 말할 수밖에 없다. 나야 방금 전에 흉신 이고훈이 말한 대로 육합귀진술의 정체를 알게 되었고, 내가 태오의 분신이란 걸 명확하게 인지할 수 있었다.

하지만 강호를 돌아다니던 태오의 분신끼리 마주친다면?

말 그대로 끔찍한 자아정체성 붕괴가 닥쳐오게 될 것이다. 내가 인상을 찡그리자 흉신이 대꾸했다.

"내 일이 아닌데 뭐 어때."

"……."

아, 그런가요.

"뭐 어쩌란 거냐? 결국 육합귀진술은 태오 본인이 각오하고 쓴 건데 내가 왜 공감하고 걱정해 줘야 하느냐?"

그렇긴 하다. 아니, 너무 옳은 말이라서 어찌할 수가 없다.

나는 결국 한숨을 푹 내쉬며 팔을 늘어뜨렸다.

"……그렇군요. 그러면 저는 다시 검성을 찾으러 가 보겠습니다."

"너를 스승님께 데려다 줄 필요가 없겠군. 아니, 그냥 놔두는 게 낫겠다."

"부연설명 안 하셔도 됩니다."

더 이상 여기에서 볼일은 없는 것 같았다. 남는 시간에 무공 수련을 하거나 검성의 위치를 탐색하는 편이 좋을 것이다.

"그래. 한마디 충고해 주마. 이 충고를 따르면 너는 반드시 검성과 만나게 될 것이다."

"뭡니까?"

나는 흉신의 말에 눈이 번쩍 뜨여서 뒤를 돌아보았다. 그 말이 없었으면 바로 동굴을 튀어 나가려고 했는데, 개소리만 하던 흉신 이고훈이 충고를 해 준다는 것이다. 내가 기대 어린 눈으로 이고훈을 쳐다보자 그는 헛기침을 하며 말했다.

"험험. 검성전(劍聖戰)에서 우승해라. 덤으로 신룡전에서도 우승하고."

"네……?"

검성전은 검성을 기려서 만들어진 대회다.

물론 거기에는 신룡전이라고 하는 괴상망측한 집단이 배후에 있고, 온갖 수상쩍은 일이 벌어지고 있다. 그래서 기분 나빠서라도 검성전은 그다지 나가고 싶지 않았다.

그런데 검성전에서 우승하는 게 검성을 찾는 일과 무슨 관계란 말인가?

검성은 세상에 관여하는 게 싫어서 혈육의 시선마저도 피하는 사람이다. 흉신의 말이 무슨 뜻인지 몰라서 고개를 갸웃거리고 있을 때 흉신이 의외라는 듯 말했다.

"뭐야, 너 몰랐느냐? 수많은 무림의 고수들이 검성전 뒤편의 신룡전에 계속해서 출전했던 이유를 몰랐단 말이냐? 명예도 뭣도 얻지 못하는데 왜 그런 손해 보는 짓을 했는지 생각해 보지 않았단 말이냐?"

숫제 바보 취급이다. 확실히 일리 있는 문제였지만, 나는 기분 나빠져서 소리를 버럭 질렀다.

"뭡니까, 검성신룡전은 강제로 끌려 들어가는 게 아니었습니까?!"

"아니! 일단 신룡전에 들어간 놈들은 모두 자의로 들어간 거다. 들어간 이유는 딱 하나뿐이다."

"뭡니까, 그게."

나는 대꾸하면서도 살짝 맥이 풀리는 기분이 들었다.

그 말대로라면 내 스승인 유극문의 삼장로(三長老), 성구몽, 태월하, 채은 장로 모두는 신룡전에 자발적으로 들어갔다는 셈이다.

들어가는 건 자유지만 나오는 건 맘대로가 아니라는 뜻이다. 어느 정도 신룡전의 비밀을 푼 느낌이 들어서 흐뭇할 때 경악스러운 말이 이어졌다.

"신룡전 총관에 의해 초대받은 자는 신룡전에 참가할 권한이 주어지지. 그곳에서 참가자들은 저마다 구성천(九聖天) 무공을 하나씩 받아서 익히게 되고 스스로가 만족할 수준에 이르면 신룡전의 시험관들에게 도전한다. 모든 시험을 돌파해서 정식 참가자가 된 후, 신룡전에서도 우승을 달성한 자는……."

구성천 무공을 익힌다는 건 놀라운 사실이다.

하지만 대충 짐작하고 있었기에 크게 놀라지는 않았다. 왜냐하면 신룡전의 총관이란 자는 내게 서열 삼 위의 무공인 멸겁윤회를 전수해 줬고, 다른 것도 쓸 수 있다는 말투였기 때문이다. 아마 유극문의 장로들도 외부에 밝히지는 않았지만 구성천의 무공을 사용 가능할 것이다.

"달성한 자는?"

"검성의 가르침을 하루간 받을 자격이 주어진다."

"……."

뜬금없이 맥이 풀린다.

'이렇게 간단한 방법이었다니!'

그냥 신룡전에 참가해서 우승하면 검성을 찾을 수 있는

것이다!

이렇게 간단한 방법을 환룡이 몰랐을 리는 없다. 아마도 내 능력으로 충분히 알아낼 수 있는 정보라고 생각하고 굳이 부연해서 설명하지 않은 듯했다. 나는 곰곰이 생각하다가 이상한 점을 재차 물어 보았다.

"아니, 잠깐만요."

"왜?"

"겨우 하루 동안 가르침 받는다고 뭐가 달라집니까? 저야 독특한 경우인 거고, 보통 무공의 향상은 아무리 짧아도 한 달 남짓으로 이뤄지잖아요. 대체 그게 뭐가 대단한 특권이라고 온갖 수모와 굴욕을 참아가며 절세고수들이 신룡전에 매달리는 겁니까?"

"맞다. 원래라면 하루 만에 뭐가 바뀌지는 않지."

무덤덤하게 흉신이 대답하다가 충격적인 말을 했다.

"하지만 틀림없이 뭔가 바뀌었거든. 태오, 너는 천룡육신군의 위에 있는 태상호법(太上護法) 천룡대공(天龍大公)을 알고 있나?"

"들어 본 것 같습니다. 내가 태천맹을 휘저을 때는 자리에 없더군요."

지룡부의 상위 서열이었던 상군이라는 고수가 천룡대공을 보면 싹싹 빌라고 충고해 준 기억이 난다.

태천맹 습격 당시에 자리에 없어서 충고대로 할 일은 없었지만, 확실히 기억에 남는 이름이다.

"놈은 전대(前代) 태천맹주였다. 현 맹주인 초염권성의 아버지인데, 그 녀석이 바로 신룡전의 우승자였다."

"그게 무슨 상관입니까?"

"큰 상관이 있지. 놈의 원래 무공은 기껏해야 천룡육신군 수준이었는데 신룡전 우승 이후에는 남룡제(南龍帝)급이 되었다. 남룡제도 천룡대공 때문에 황제 암살이 한층 힘들었지."

"……엥? 정말?!"

나는 그 순간 비명을 질렀다.

남룡제급의 고수라는 건 장난이 아니다.

남룡제는 큰 내상을 입고 몸 상태가 안 좋은 상태에서도 천산(天山)으로 몰려온 오만 명의 관군을 혼자 힘으로 물리쳤다.

일 장을 내뻗으면 반경 수백 장이 허허벌판이 되는 인간 병기였다.

이미 인간의 무공 수준이 아닌데, 태천맹에 그런 인외(人外) 수준의 고수가 있었단 말인가?!

"신룡전 우승만 하면 하루아침에 남북쌍룡제 수준의 초고수가 될 수 있다는데 누군들 안 덤벼들겠느냐? 신룡전에 도전한 무림고수들을 깔볼 일은 아니다."

확실히 명예만 얻는 천룡전보다는 더욱 실질적이고 무림인의 피를 끓게 하는 효과가 있었다.

"알겠습니다. 거기서 우승하면 되는군요."

목표가 확실하게 잡히자 마음이 한결 가벼워졌다. 내 표정이 밝아지자 흉신이 피식하며 나를 비웃었다.

"쉬울 거 같으냐."

"어차피 거기서 구성천 무공을 전승받지 않습니까? 탈혼경의 기억 덕분에 구성천 무공은 거의 다 머릿속에 있습니다."

"아무것도 모르는군. 뭐, 어차피 곧 알게 될 테니 네 맘대로 해라."

단순히 흉신 이고훈이 나를 비웃는 말이라고 생각했다.

그리고 나를 과소평가하고 있다는 생각이 들었다. 지금 당장은 조금 약할지도 모르지만, 앞으로 삼십육 분신이 강호를 돌아다니면서 힘을 쌓기 시작하면 더욱 더 강해질 자신이 있었다. 거기다 죽기 전까지만 신룡전 우승을 달성하면 되는 일이니 넉넉하다는 생각마저 들었다.

하지만 그게 단순한 협박이 아니었다는 건 흉신 이고훈의 거처를 나와서 한 시진만에 알 수 있었다.

2.

총관 유륵

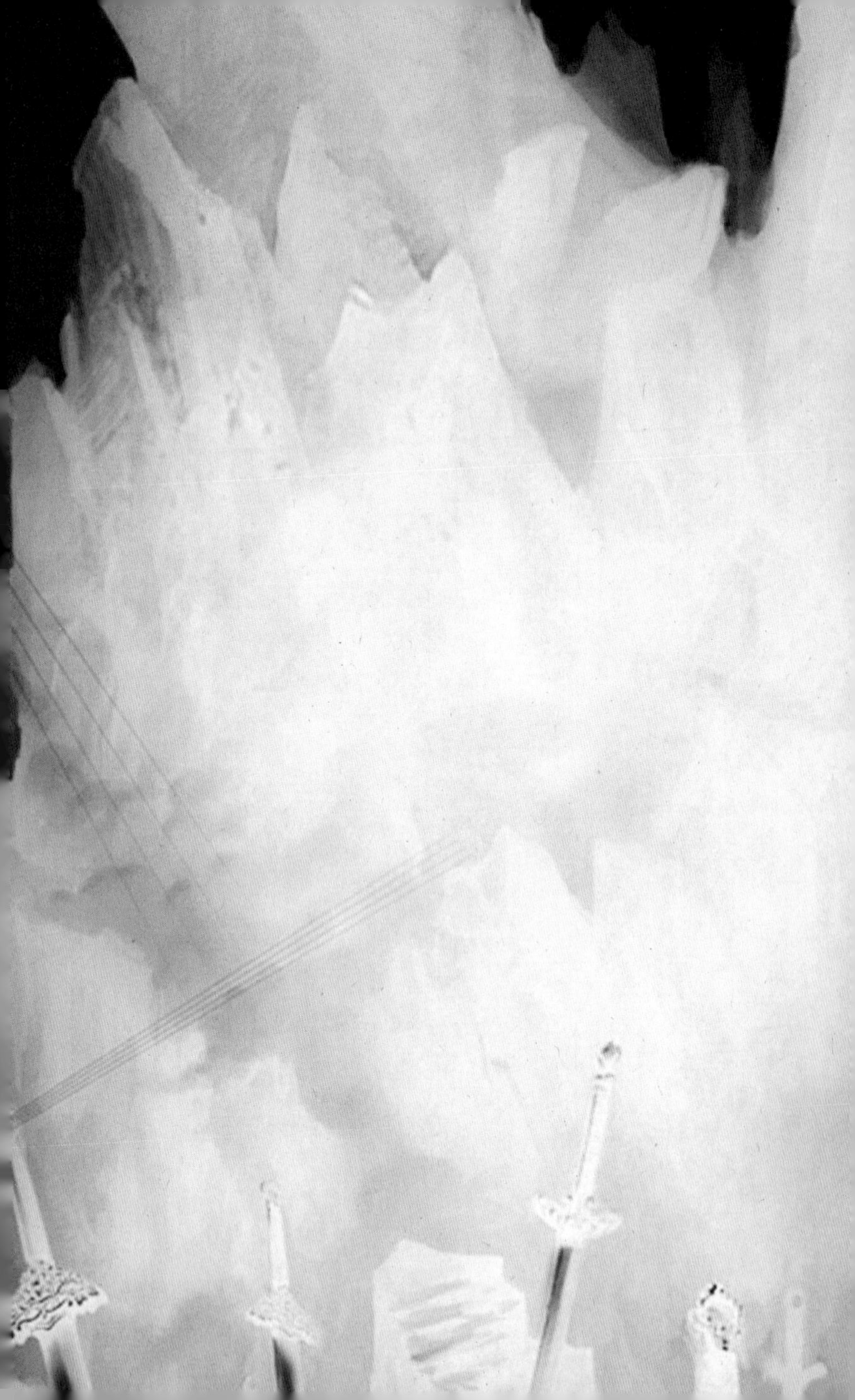

산길을 걷고 있을 때, 난데없이 생사의 위기.

무협 소설에나 나올 법한 상황이지만? 결코 내게는 소설이 아니었다.

퍼어어어억!!

"……어?"

광혈인(光血印).

내 스승인 성구몽 장로의 성명절기이자, 내가 강호를 돌아다니는 동안에 가장 많이 써먹었던 무공 수법.

빛처럼 흩날리며 시뻘건 불꽃을 토해 내는 한 쌍의 장인(掌印)은 엄청난 위력을 지니고 있었다. 눈 깜짝할 사이에 내 오른팔을 날려 버리며 등 뒤에 있던 절벽을 통째로 녹여 버린 것이다.

이 정도 경지면 틀림없이 십 성(十成)의 성취.

고기 굽는 냄새와 함께 팔 한 짝이 날아가 버렸다. 내가 멍청하게 서 있을 때 광혈인을 날린 당사자는 심드렁한 눈으로 나를 쳐다보며 말하고 있었다.

"설마 산월 땅까지 와 있을 줄은 몰랐는데…… 하여튼 갑운애루의 정보망에는 도움을 많이 받는 것 같군."

오 장 밖의 수풀에서 모습을 드러내는 한 중년인. 여태껏 기척도 파악하지 못했다.

"무슨……?"

말했듯이 지금의 '나'는 진짜 태오가 아니라 육합귀진술로 만들어진 분신일 뿐이다.

그래서 광혈인에 당해서 어깻죽지까지 날아갔어도 피가 나지는 않았다. 고통도 별로 느껴지지 않아서 나는 공포와 경악이 섞인 외침을 내질렀다.

"성구몽 장로!! 스승님이 왜?!"

"스승님이라…… 그 입으로 말하지 마라, 괴물아."

내 눈앞에는 유극문에서 내게 친히 무공을 가르쳐 주고, 내게 자신의 모든 것을 전수한다고 하고, 나를 위해서라면 신룡전에 거역하는 일까지도 각오했던 성구몽 장로가……

눈앞에서 살기를 잔잔하게 불태우고 있었다.

쿠구구구…….

숨이 막히는 기분이 든다. 이 자리에서 죽어도 죽는 게 아니란 걸 알고 있지만, 그럼에도 살기가 너무 섬뜩해서 전신의 세포가 한 줄기 한 줄기 시꺼멓게 불타는 기분이 들었다.

폭사하는 안광에서 뿜어져 나오는 혈기(血氣)는 상대방이 진심으로 나를 죽이려 한다는 사실을 말해 주고 있었다.

성구몽 장로가 차갑게 말했다.

"영왕수인지도 모르고 천인일재니 만인일귀니…… 흥! 당연히 강해질 수밖에 없었겠지."

가슴에 비수가 꽂힌다.

'그래…… 나는 탈혼경의 주인, 영왕수였다…… 분리되기 전까지.'

어떻게 보면 나를 친자식처럼 여기고 모든 걸 전수해 주려던 사람을 배신한 셈이다.

도중에 협유곡주에게 자극당해서 분리되는 일이 없었다면, 나는 아무것도 모른 채 영왕수로서 강호를 떠돌다가 각성했을 것이다. 그리고 모든 것을 파괴하고 지배하는 마신(魔神)이 되고 말았을지도 모른다.

성구몽 장로가 말했다.

"건방지게 술법을 써서 네 분신을 늘린 모양이더군. 강남(江南)에서 한 놈, 화북(華北)에서 한 놈씩 처리했다. 네놈은 세 명 째인데 여기저기에서 목격자가 출현하고 있으니…… 적어도 수십 명 단위로 분신을 만들어 둔 모양이지?"

정확하다.

육합귀진술에 대해서도 어느 정도 파악하고 있고, 실제로도 '태오'의 분신을 두 명이나 처치하고 온 모양이었다.

그렇다면 지금 나를 죽이는 데도 망설임 따위 없는 게 당연할 것이다. 아니, 도리어 분노가 강해지지 않았을까?

나는 침착하게 말했다.

"내가 분신이라는 사실은 알고 있습니다. 하지만 스승님은 어째서 저를 죽이려 하십니까?"

"스승님이라고 지껄이지 마라!!"

콰과광!

분노가 폭발한 성구몽 장로가 엄청난 속도로 일 장을 휘둘렀다.

가볍게 좌에서 우로 긋는 동작일 뿐이었지만, 나는 사전에 알고 있으면서도 피하기가 벅찰 정도였다. 잠시 후 괴랄한 폭음이 울리더니 반경 육 장이 모조리 열염(熱炎)으로 초토화되고 말았다.

그것도 모자라서 절벽으로 몰려간 충격파는 재차 폭발하

더니 만장단애를 통째로 없애 버리고 말았다. 바위가 요란하게 무너져 내렸다.

"……."

쿠구구구.

'무슨…… 이게 정말 광혈인이라는 말인가?!'

나는 그 말도 안 되는 파괴력에 전율했다.

물론 남룡제나 협유곡주처럼 엄청난 인외급 고수들 정도는 아니지만, 이건 통상적인 무공의 파괴력과는 궤를 달리한다. 무엇보다 내가 시전 하는 광혈인으로는 죽었다 깨어나도 이런 범위를 공격할 수 없다.

'안 돼! 도망쳐야 해!'

전신의 솜털이 모조리 곤추서는 기분이 들었다. 성구몽 장로의 진짜 실력이 나보다 적어도 세 수는 위에 있다는 걸 알아챈 것이다.

나와 동일한 실력의 고수가 열 명쯤 덤벼들어도 승산을 장담할 수 없을 정도로 강하다!

초월급 고수는 아니지만, 그래도 현재 내 수준에서는 감히 범접할 수 없다! 정면으로 덤벼들면 십 초 이내에 다져진 고깃 조각이 될 거라는 걸 깨닫자 침을 꿀꺽 삼켰다.

'이런 성구몽 장로조차도…… 신룡전과 총관을 두려워한단 말인가? 대체 신룡전이 뭐길래?'

사실 지금까지는 실감이 나지 않았다.

태천맹을 혼자 힘으로 휘저을 때만 해도 천하에 별로 두려운 게 없었는데 숨겨진 실력자들이 한 명씩 나오자 내 자신이 초라하게 느껴졌다. 내가 굳어 있자 성구몽 장로가 말했다.

"죽이고 또 죽이다 보면 진짜 괴물놈이 나오겠지. 죽어라, 영왕수."

파지지직!

성구몽의 쌍장(雙掌)에 환한 태양빛이 머물렀다. 아니, 태양빛이라고 착각했을 뿐 실제로는 성구몽 장로가 끌어올린 내공이 그대로 오행기(五行氣)로 변화하며 몇 십 배나 되는 위력으로 증폭하는 현상이었다.

보지 않아도 훤하다.

내가 익힌 호신강기로는 저 공격에 스치기만 해도 즉사다. 광혈인이 저토록 빛나고 화려할 수도 있다는 사실을 오늘 처음 알았다. 나는 그 모습에서 성구몽 장로가 익힌 구성천 무공이 무엇인지 깨닫고는 침음성을 흘렸다.

"구성천 서열 사 위 축록경…… 오행기와 사상마저 끌어올리는 무공을 익히셨군요."

아닌 게 아니라 정말 무섭다.

내 머릿속에는 미래의 지식도 있는데, 순수한 광자(光子)

상태로까지 내공의 성질이 변화할 수 있다면 그 자체로 온도가 수억 도를 넘는다. 과학 기술로 만들어 낸 초질량 장갑으로도 저 공격을 막아 낼 순 없을 것이다.

인간의 기술로는 대적이 거의 불가능하다.

무엇보다 공수합일에 속성 무시라는 변태 같은 특성 때문에 더욱 그렇다.

축록경과 광혈인이 합쳐진 공격을 맞으면 금강불괴도 즉사할 게 분명했다.

"천하에 한눈에 그걸 알아보는 자는 몇 없다. 끝까지 역겹게 하는구나, 괴물놈아."

"……한 가지만 대답해 주십시오."

당장이라도 내 전신을 녹여 버릴 기세인 성구몽 장로였지만, 내 주문에 눈썹을 꿈틀거렸다. 뭔가 인정이 발동한 모양이었다. 그는 잠시 머뭇거리다가 말했다.

"대답해 주마. 네 유언이라고 생각하고 질문해라."

"네."

나는 잠시 심호흡을 했다. 그리고는 머릿속을 정리한 후, 내려놓는 심정으로 질문했다.

"당신은 검성이 존재한다고 생각하십니까?"

성구몽 장로의 표정이 기괴하게 변했다. 마치 못 들을 말을 들은 듯한 표정이었다.

"……뭐……?"

"검성이 존재한다고 생각하시냐구요."

파스스…….

굉장히 의외의 질문이었던 듯하다. 성구몽 장로는 그만 축록경으로 끌어 올려서 속성 변화시키고 있던 대자연의 오행기를 해제시켜 버리고 말았다.

약간의 내상을 입은 듯 성구몽 장로의 입가에 검은 피가 흘러나왔지만 그는 개의치 않았다.

"검성……."

검은 피를 소매로 닦은 후, 그는 잠시 되뇌듯이 중얼거리고는 말했다.

"네가 그걸 묻는 이유가 뭐냐? 영왕수라서…… 신룡전에 도전했던 우리 모두를 비웃을 생각인 건가……? 우리의 지난 시간이 모두 헛된 거였다고 말할 생각인가?"

"그렇지 않습니다."

지금의 성구몽 장로는 폭발하기 직전이었다.

잠시 기세를 누그러뜨리긴 했지만 또 한 번의 분노를 터뜨릴 준비가 되어 있다. 지금 말을 잘못하면 원래 예상했던 것보다 백배는 처참하게 죽을 게 분명했다.

물론 분신이라서 진정한 의미로 '태오'가 소멸하는 건 아닐 것이리라.

하지만 나 자신이 분신이라는 걸 알고 있어도 죽는 건 싫다. 그 삶에 의미가 있단 말인가? 지금의 나는 어떻게든 살아남으려고 발버둥 칠 뿐이다.

나는 침착하게 말을 이었다.

"저는 신룡전에서 우승해서 검성을 만날 겁니다. 그래서 스승님의 생각을 들어 보고 싶었습니다."

"뭐라고……?"

"신룡전의 총관만 허락한다면, 제가 신룡전에 참여하는 건 불가능하지 않을 텐데요."

내 말이 워낙 뜻밖이었는지 성구몽 장로는 지금도 입가에 흘러내리는 검은 피를 닦을 생각도 하지 않았다.

대신에 텅 빈 눈으로 나를 쳐다보았다. 지금의 그에게는 분노보다는 혼란과 의문이 더욱 강하게 느껴지고 있는 듯했다.

"네놈, 도대체 어떻게 신룡전의 보상을 알게 된 거냐?"

"흉신(凶神) 이고훈 님이 가르쳐 주셨습니다."

성구몽 장로가 깜짝 놀랐다.

"흉신악살의 흉신?! 그분이 이 산월 땅에 살고 있단 말인가."

"한 시진 정도 똑바로 가면 나오는 야산에 살고 있습니다."

"……."

그는 약간 납득이 되는 표정을 지었다.

검성의 호적수이자 마도 무림의 지배자였던 흉신악살이 가르쳐 준 거라면 신룡전에 대해 알 만하다고 생각하는 듯했다. 나는 성구몽 장로가 감정을 추스르기 전에 재빨리 말했다.

"믿지 않으시겠지만 지금 저는 영왕수와 분리된 그냥 '태오' 입니다. 아, 육합귀진술로 분리되었으니 지금은 태오의 분신일 뿐이겠군요. 제게는 이제 신룡전에서 우승해서 검성을 만나 보겠다는 목표가 생겼습니다."

"……."

역시 믿지 않는 표정이다.

"스승님께서는 언제나 신룡전에 대해 언급하지 말고 조심하라고만 하셨죠. 하지만 이제 저는 신룡전에 도전하는 것만이 유일한 삶의 목표가 되었습니다. 어떻게 해서든지 검성을 만나 보고 싶기 때문입니다."

"……왜냐?"

성구몽 장로는 고통스러운 표정을 지었다. 그는 주먹을 불끈 쥐며 말을 이었다. 애정과 환멸이 뒤섞여 있었다.

"왜 네가…… 영왕수인 거냐."

"……."

"태어나서 처음으로 누군가를 진심으로 가르치고 싶다고 생각했다. 모든 걸 전하고 싶다고 생각했다. 나, 명왕(冥王)이 여태껏 무림에서 이천오백여 명을 죽이면서도 단 한 줌의 정(情)도 연민(憐憫)도 두지 않았다. 그런 내가…… 너를 가르치는 동안에는 너만이 내 제자라고 생각했단 말이다."

어떤 말을 해야 할지 알 수 없었다. 성구몽 장로의 두 눈에서 뜨거운 눈물이 흐르고 있었기 때문이다. 이 세상 누구도 그를 눈물 흘리게 할 수는 없었을 텐데, 오로지 정(情) 때문이었다.

명왕.

'설마 스승님이 명왕이었다니…….'

그 이름은 흉신악살 이래, 백여 년간 출현한 마두 중에서 최강 최악을 상징하는 것이었다.

성구몽 장로님이 방금 말한 이천오백여 명은 결코 과장된 숫자가 아니었다.

명왕이라 불린 자는 중원 서쪽을 반쯤 멸망시켰고, 서역의 마귀들을 잡아 죽이기도 했다. 구파일방에서조차 명왕에게 덤비지 않으려 했고, 한때는 명왕의 이름에 황제조차도 겁을 집어먹기도 했다.

전설적인 장강의 절세고수인 태월하 옹과 북해빙궁의 직계혈족인 채은 장로가 성구몽 장로를 의형으로 모신 건 어찌 보면 당연한 일이었다. 한때 마도 최강자라고 불렸던 귀신이었기 때문이다.

하지만 그런 여타 반전을 무시하고서 머릿속에는 계속해서 죄책감이 맴돌았다.

'눈물…… 나를 위해서 눈물을 흘려 주는 사람이 있다니.'

눈물을 보는 순간 가슴이 턱 막히고 먹먹해졌다.

성구몽 장로와는 그다지 좋은 인연으로 묶인 게 아니었다. 그는 마약과 다름없는 절진을 동원해서까지 자기 자존심을 살리고자 했다. 나는 그때 진심으로 성구몽 장로를 죽이고 싶었다.

하지만 이후로 성구몽 장로는 진심으로 내게 기대를 걸기 시작했고, 나 또한 그의 배려에 마음속으로 감동했다. 내 부모도 돈 몇 푼에 나를 유극문에 팔아넘겨 버렸는데 왠지 또 다른 가족을 만난 기분마저 들었다. 나는 강호행을 하면서도 늘 유극문의 장로분들에게 폐를 끼치지 말자는 생각을 하고 있었다.

나는 무슨 말을 해야 할지 알 수 없었다. 그래서 그냥 멍하니 앞을 보고 있었다. 나도 눈물이 날 것 같아서 억지로 목구멍을 틀어막고 싶었다.

"태오. 네 말이 거짓말이라고 생각한다. 지금도 네 녀석은 세상을 멸망시킬 영왕수일 뿐이고, 온갖 간교를 부려서 이 위기를 모면하려는 거겠지. 나는 분명히 네가 나를 속이고 있다고 생각한다."

그 말투는 침착한 것 같았지만 감정이 스며들어 있었다. 지금도 감정을 꾹 눌러서 참고 있는데 스며 나올 정도인 것이다.

"……."

"하지만…… 한 번 정도는 속아 주겠다. 그리고 이후로는 단 한 번도 흔들리지 않겠다."

휘익.

성구몽 장로, 명왕은 손을 들었다. 그러고는 팔에 기운을 집중하더니, 허공에 푸른 기운을 가볍게 내쏘았다. 천지 모르고 일직선으로 내뻗던 기운은 순식간에 구름을 꿰뚫더니 하늘과 땅을 잇는 기둥처럼 변했다.

쿠구구구…….

지속적으로 대지의 힘이 끌어 올려지며 성구몽 장로의 기운을 보충하는 게 육안으로 보였다.

놀라운 일이다. 기운을 칼 주변에 둘러도 검기(劍氣)라 부르며 뛰어난 일류고수라고 부르는 판에, 저토록 자유자재로 수백 장 너머로 기운을 방출하다니. 그러면서도 조금도 힘든 기색이 없다니!

뜬금없는 행동이었지만 나는 이윽고 그 행동의 의미를 알 수 있었다. 반 각도 지나지 않아서 허공에서 계단을 밟듯이 날아온 한 청년의 모습 때문이었다.

*　*　*

[설마 당신 힘으로도 처리하기 힘들 정도였습니까? 명왕.]

허공에 육합전성이 울려 퍼졌다. 칭호에서 다시 한 번 내 스승의 진짜 정체를 실감했다. 정말로 마도무림 최강의 악마적인 초고수였다.

쉬쉬쉬쉭.

수십 리 저편에서 오고 있었다. 이윽고 구름 저편을 뚫고 말 그대로 '날아서' 이쪽으로 오는 모습을 보자 할 말이 없었다.

'괴, 괴물 자식.'

저건 천상제나 허공답보라고도 부를 수 없다.

전설의 무공보법(舞空步法), 혹은 비행술(飛行術)이라고 부르는 걸 직접 내 눈으로 보게 된 것이다. 말 그대로 신선지경(神仙之境)!

타닷.

'명왕' 앞에 내려앉은 청년은 예전과 같은 모습이었다. 한 손에 비파가 들려 있고, 닭 한 마리 못 잡을 것처럼 여리디여린 외모. 하지만 방금 전에 수백 리를 날아온 비행술을 보니 식욕이 떨어질 정도로 겁이 났다.

세상에 많고 많은 고수가 있다지만 설마 허공을 자유자재로 날아다니는 놈은 난생처음 본 것이다.

괴물이다.

어째서 총관에게 모두가 두려움을 품고 거역할 생각도 하지 못했는지 알 수 있었다. 눈앞의 이놈도 드러내지 않았을 뿐, 남룡제조차 뛰어넘는 절대자.

말로만 들었던 무황령이나 흉신, 악살 정도나 대적할 수 있을까? 실제로는 인간의 힘으로는 감당조차 되지 않는 마왕(魔王)이다.

부총관이라고 불리는 소년 도사가 일 격에 벌레 잡듯이 천룡육신군을 잡아 버린 광경을 예전에 본 기억이 있다.

더더욱 공포심이 짙어졌다. 신룡전의 총관, 유륵(柳勒)은 힐끔 나를 쳐다본 후 말했다.

"역시 가짜잖습니까? 왜 망설이십니까, 명왕."

한눈에 내 정체를 간파했다. 의심할 여지도 없다. 유륵의 질문에 명왕 성구몽 장로가 떫은 표정으로 대답했다.

"그가 당신에게 말할 게 있다고 합니다."

역시 성구몽 장로도 신룡전 총관 유륵에게는 존댓말을 썼다.

인간을 초월한 자일 뿐만 아니라 신룡전을 관할하는 신분이기 때문에 명왕 정도의 명함으로는 감히 거역할 수 없는 것이다. 설령 황제조차도 겁먹게 했던 대마왕이라고 해도 신룡전 총관 앞에서는 얌전해야 했다.

"나에게?"

유륵은 의외라는 표정을 지었다. 그리고는 나를 힐끔 쳐다보고는 검지손가락을 들었다.

파앗!

그러자 단번에 성구몽 장로에게 잘려 나갔던 팔이 다시 생겨났다. 마치 다친 적도 없었던 것처럼 완벽한 치유였다. 내가 깜짝 놀라서 유륵을 쳐다보자, 그는 싱긋 웃었다.

"보기 흉하니까 일단 복원시켜 두었다. 영체라서 쉬웠지만 육체라도 마찬가지…… 자, 영왕수께서 내게 어떤 말을 하고 싶은지 들어 볼까?"

"……."

이런 건 무공이 아니라 숫제 마법(魔法)의 영역이었다. 끝도 없는 상대방의 힘에 공포감이 스멀거리며 기어 나왔다.

이런 건 명왕이 아니라 흉신이 와도 못 이길 것 같았다.

나는 간신히 정신을 차리고는 말했다.

“두 가지, 질문할 게 있다!”

“호오? 정말로?”

“그에 앞서서 말해 두지만 지금의 나는 영왕수와 분리된 태오에 불과하다. 당신이라면 알 수 있을 것 같아서 말해 두는 거다.”

“흐음……. 잠깐만.”

신룡전 총관 유륵의 표정이 처음으로 변했다. 그는 한 발짝 앞으로 나오더니 내 머리 위에 오른손을 갖다 올렸다.

약간 기분이 나빴지만, 이내 섬뜩한 기분이 등골을 훑었다. 마치 인간의 기준으로 측량되지 않는 괴물이 거대한 앞발을 내 머리에 올리고 있는 듯한 기분이 들어 버린 것이다.

압도적인 존재감!

나는 간접적으로 유륵의 힘을 느끼고는 심장이 터질 것 같았다.

역시 이놈은 인간의 수준에서 감당할 수 있는 놈이 아니다! 검성이 직접 찾아오지 않으면, 유륵을 어떻게 해 보는 건 불가능할 것이다. 내가 절망감에 휩싸여 있을 때 유륵이 천천히 말했다.

“정말이군. 진짜 영왕수는 이미 영혼 째로 빠져나가서 전생(轉生)했어. 남겨진 위신탈혼경의 기억은 삼 할…… 거기서 최선의 방법을 택하다 보니 삼십육 분신을 만드는 육합귀진술을 사용한 건가?"

유륵의 표정이 흥미로운 듯 웃음기를 띄었다.

그의 말이 끝나는 순간, 성구몽 장로는 안도 비슷한 표정을 지었다. 아주 찰나였지만 나는 그 변화를 놓치지 않았다.

"정말이라고 했잖아."

"아아, 그래. 상당히 계획을 수정해야겠는걸."

유륵은 아무렇지도 않은 듯 내 머리에서 손을 떼었다. 그러고는 자신의 턱에 손을 올리고는 곰곰이 생각하는 표정을 지었다.

"이제 네 분신을 찾아내서 없애는 건 의미가 없어져 버렸군. 그러면 또다시 영왕수가 성장할 때까지 십수 년간은 기다리고만 있어야 하는 건가."

나는 퉁명스럽게 대꾸했다.

"미리 찾아내서 죽인다는 선택지는 없는 거냐?"

그는 고개를 저었다.

"그렇게 할 수도 있겠지만 그렇게 하고 싶지가 않아. 우리로서는 영왕수가 빠르게 결판을 내주면 좋겠거든."

"뭐…… 라고……?"

그 순간, 유극문 출신 두 명의 얼굴이 경악으로 굳어졌다.

나는 눈앞의 괴물이 무슨 말을 하는지 이해를 할 수 없었다. 특히 영왕수라고 생각한 태오를 없애기 위해서 천 리나 되는 산월 땅까지 달려온 명왕 성구몽 장로의 얼굴은 보기 힘들 정도로 일그러져 있었다.

유륵은 천연덕스럽게 말했다.

"뭘 그렇게 놀라지? 내가 육합귀진술로 만들어진 분신을 없앤 이유는 그저 영왕수가 빠르게 성장하기를 원했기 때문이야. 그 술법은 분신이 죽을 때마다 더욱 강력한 능력과 재능을 얻는 특징이 있거든. 나는 틀림없이 영왕수가 빠른 성장을 위해서 썼을 거라고 생각하고, 일일이 죽는 수고를 줄여 주려고 했던 것이다."

"무…… 무슨 소리요? 영왕수는 모든 힘을 되찾으면 이 세상 모든 것을 멸망시키는 마물(魔物)이잖소."

뜻밖의 말에 성구몽 장로가 더듬거리며 되묻자 유륵이 도리어 눈을 껌벅였다.

"그게 어때서? 말했듯이 영왕수가 빠르게 결판을 내줬으면 한다니까."

"이런 미친…… 세상이 멸망하기를 원하시오!"

"음……?"

정적이 감돌았다.

유륵이 아무런 대답도 하지 않았고 무색투명한 눈으로 전방을 바라보고 있었기 때문이었다. 마치 동물의 눈처럼 아무런 감정도 없는 회색빛 같았다.

"……훗, 정말 아무것도 모르는군 당신은……."

유륵은 왠지 안쓰러운 듯한 눈으로 성구몽 장로를 쳐다보았다. 그리고는 관심이 없어졌는지 시선을 내 쪽으로 돌렸다.

"그런 건 나중이라도 설명해 주지. 일단은 질문이란 걸 해 봐. 두 개를 한다고 했지?"

"그…… 그래."

눈앞에 어떤 괴물이 서 있든 간에 내가 할 일을 해야 한다. 안 그러면 앞으로 나아갈 수 없으니까. 나는 더듬거리다가 정신을 차리고는 힘차게 말했다.

"첫 번째는, 정말로 내가 신룡전에서 우승하면 검성을 만날 수 있는지다! 네 이름을 걸고 맹세할 수 있나?"

유륵이 고개를 끄덕였다.

"물론이다. 검성은 반드시 우승자에게 찾아온다. 우승자는 하루 동안 그에게서 가르침을 받을 기회가 주어지지."

나는 유륵의 대답에 고개를 저었다.

"충분한 설명이 되지 않아. 애초에 검성이 어째서 신룡전 우승자에게만 찾아오는 거냐? 너희가 검성을 감금하고 있는 게 아니냔 말이다."

"그게 두 번째 질문인가?"

"거…… 거시기 그건 아닌데."

정말로 중요한 질문이 남아 있었기 때문에 나는 뻘쭘해지고 말았다.

은근슬쩍 담 타듯이 넘어가려고 했는데, 유륵이 단박에 정곡을 찔러 버린 것이다. 유륵은 뭐가 재밌는지 킥킥 웃더니 비파의 현을 한 개 당겼다.

띠링.

"뭐 상관없어. 영왕수가 부활한 지금에 와선 의미가 없으니, 몇 개라도 대답해 주지. 그 질문에 대한 대답은…… '그렇지 않다' 다. 우리는 절대로 검성을 구속할 수 없어. 반대라면 몰라도."

애매한 대답이었다. 나는 기억 속에 유륵의 대답을 잘 갈무리하고는 재차 물었다.

"그럼 검성이 지금 어디에 있는지 알고 있단 말이냐?"

유륵이 다시 한 번 비파를 튕겼다.

"물론 알고 있지만? 그는 어디에도 있고 어디에도 없다. 말해줘 봤자 지금의 네겐 의미도 없을걸. 영왕수를 제외한 이 세상 누구도 검성을 찾을 수는 없다. 검성의 제자들은 왜 그런지 충분히 알고 있다.”

“……?”

헛소리 같았지만 방금 전에 흉신이 했던 검성의 소재와 완전히 같은 말이었다. 그래서 헛소리로 치부할 수 없다.

검성은 어디에도 있고 어디에도 없다. 하지만 분명히 존재한다.

이 말을 대체 어떻게 해석해야 하는 걸까? 내가 머릿속으로 혼란을 애써 정리하려고 할 때 성구몽 장로가 조심스럽게 유륵에게 말했다.

“저희들의 자유와 신룡전 해방은…….”

“아! 태오를 죽이는 대가로 내걸었던 조건 말이죠? 지금 당장이라도 할 수 있습니다만, 애매하게 됐군요. 영왕수가 부활한다면 언제든지 상관없지만 지금은 곤란해요. 영왕수가 성장할 시간이 필요하니까.”

“…….”

성구몽 장로는 내 시선을 피했다.

‘그랬던 거군.’

어째서 성구몽 장로가 단번에 총관 유륵의 제안을 받아들여서 나를 죽이러 나섰는지 알 것 같았다. 지옥같이 고통받는다는 신룡전 참가자들을 해방시키고 완전자 유를 보장받는 것보다 성구몽 장로에게 절실한 것은 없는 것이다. 자기 혼자라면 몰라도 의형제의 목숨까지 걸려 있는 상황에서는 선택할 방도가 없으리라.

유륵이 어깨를 으쓱했다.

“다음 질문?”

이번 질문은 망설임 없이 나갔다.

“내가 신룡전에 참가해서 우승하면 검성을 만날 수 있는지.”

“그럴 줄 알았지. 충분히 태오 네가 생각할 수 있는 일이다.”

유륵이 쓴웃음을 짓더니 비파의 끝을 약간 내렸다.

“아마 환룡이 시켰겠지. 저주나 제약을 붙여 놓고 어떻게든 네게 검성의 소재를 찾아내라고 한 게 틀림없을 거다…… 그가 생각할 만한 일은 그것밖에 없으니까.”

“뭐? 네가 그런 것까지 어떻게 아냐?”

나는 순간 기가 막혀서 반문했다.

이건 정말로 이상하다. 나는 아직도 총관 유륵의 정확한 정체를 모르지만, 인간을 초월한 힘을 보유하고 있으며 온갖 탈혼경과 영왕수, 검성의 비밀을 알고 있다는 건 안다.

그렇다고는 해도 지금 이 상황은 정도가 지나친 것이다. 어떻게 당사자인 나도 얼떨떨했던 환룡과의 계약, 그 전모를 옆에서 본 것처럼 파악할 수 있단 말인가!

유륵이 말했다.

"대답은 '가능하다' 다. 네가 원한다면 너는 지금 당장이라도 신룡전의 시험관과 시련에 도전해서 출전권을 얻을 수가 있다. 그리고 네가 우승해도 검성은 모습을 드러낼 거다. 아무런 방해물도 없다."

"내 질문에 대답을 안 했잖아!"

순간 나는 힘의 차이도 잊고 열이 뻗쳐서 소리를 질렀다.

유륵의 정체가 너무나 수상한 바람에 생사의 분간조차 안 된 것이다. 유륵은 묘한 표정을 짓더니 말했다.

"네가 영왕수가 아니라면 내가 태오를 살려 둘 이유는 전혀 없는데 말이지."

"협박해도 상관없어! 대체 너는 어떻게 탈혼경과 환룡을 그렇게 잘 아는 거냐고! 너무, 너무 말도 안 되잖아!!"

나는 자포자기한 심정으로 악을 질렀다.

그렇다. 이건 어이가 없는 일이다. 당사자인 나도 마지막의 마지막에야 꼬리를 드러낸 탈혼경과 환룡을 겨우 알아챘는데, 유륵은 처음부터 모든 걸 알고 있었다. 즉, 내가 유극문에 들어가던 무렵부터 지금까지 모든 걸 설계했다는 소린데…… 그 말이 사실이라면 섬뜩하기 그지없는 소리였다. 계속해서 유륵의 손바닥 위에서 놀아났다는 뜻이기 때문이다.

유륵이 흠, 하더니 말했다.

"이해는 간다. 네가 모든 걸 알 자격이 있는 것도 사실이고. 하지만 그렇다고 해도 지금 당장은 모든 걸 말해 줄 수는 없어."

"왜?! 대체 왜냐고!"

분노한다. 전신의 혈맥이 끊어지는 느낌이다.

내 몸에 걸려 있는 실을 풀어내듯이, 이 답답한 운명에 작별을 고하고 싶다. 짧은 시간이었지만 내가 겪은 모든 시간이 인형 놀음에 지나지 않았다는 현실만큼은 받아들이고 싶지 않다.

왜냐하면 그 짧은 시간은 내 인생에서 두 번 다시 찾아오지 않을 게 분명하기 때문이다.

유륵이 처음으로 '냉정한' 감정을 실어서 말했다.

"해답은 이미 나와 있어. 과정이 곧 결과이기 때문이지. 네가 검성을 만나게 된다면 내 말을 이해할 수 있을 것이다."

"뭐……?"

또다시 뜬금없는 개소리였다. 유륵의 진실에 대해서 캐묻고 있는데, 뜬금없이 과정이 결과라는 대답을 하면 대체 세상 그 누가 납득할 수 있단 말인가! 내가 기가 막혀서 얼어 있자 유륵이 말을 이었다.

"신룡전에 참가하고 싶으면 언제라도 좋으니 일단 천룡전의 십육 강을 통과해라. 그게 기본 조건이고, 이후에는 부총관이 너를 신룡전으로 데려다 줄 거다. 같은 신룡전 도전자니까 명왕에게 조언을 들어도 허락하지."

"잠깐……."

갑자기 유륵이 손을 흔들었다.

"그럼 다음에 또 봐, 태오."

파앗!

내가 뭐라고 하기도 전에 유륵의 몸은 찬란한 빛과 함께 그 자리에서 사라졌다. 역시 무공이라고는 볼 수 없었다. 이 세상 어떤 무공이 그냥 번쩍이면서 제자리에서 소멸한단 말인가!

순간이동이나 공간이동이라고 보는 편이 나았다. 내가 그 자리에 굳어서 가만히 서 있자, 성구몽 장로가 복잡한 심경을 함축해서 내게 말했다.

"일단 자리를 옮기자."

* * *

찌르륵.

산새 소리가 요란했다. 산월의 울창한 밀림에는 여기저

기에 연못과 공터가 있었다. 바위에 걸터앉은 성구몽 장로가 처음으로 입을 열었다.

"죽이려 한 건 미안하다."

나는 아무렇지도 않게 대답했다.

"그런 건 신경 쓰지 않습니다. 의형제의 목숨도 걸려 있었으니 이해합니다."

"음……."

"중요한 얘기부터 하죠."

나는 나도 놀랄 정도로 냉정하게 성구몽 장로를 바라보았다. 아마 무림에 몸을 담은 이래 나와 가장 복잡하게 얽힌 인연을 가진 사람일 듯했다. 나는 그동안 궁금했던 이야기부터 먼저 꺼냈다.

"강호에서 명왕이라고 불릴 정도로 대단했는데 어째서 신룡전에 들어가신 겁니까?"

오십여 년 전만 해도 명왕의 전설은 장난이 아니었다.

흉신악살 이후 최강최악의 대마두라는 평이 붙었으면 할 말 다 한 셈이다. 그라면 구파일방에 대항하는 마도 단체를 혼자서 창설할 수 있었을 텐데, 돌연 은거했기에 강호 사람들이 모두 궁금해했다.

"이제 와서는 건방진 소리지만 검성과 겨뤄서 그를 꺾고, 내가 최고라는 사실을 증명하고 싶었다."

이전에 명왕이라고 불린 성구몽 장로는 씁쓸하게 말했다.

그는 먼 산을 바라보며 시뻘게진 얼굴을 감추려고 했다. 진심으로 부끄러운 듯했다.

"우물 안의 개구리였지. 내 실력으로는 남북쌍룡제나 사황령도 감당이 되지 않았는데 너무 선부른 결정이었다. 아니…… 그들에게 막연한 두려움을 지니고 있었기에 검성에게서 가르침을 받고 싶었는지도 모르겠다."

"신룡전에 출전하셨습니까?"

"그래. 나는 시험관과 시련을 모두 통과하고 정식으로 출전했다. 하지만 신룡전에 나온 자들은 천룡전과는 차원이 틀린 진짜배기 강자들이었다. 나는 조금은 재주가 있어서 팔 강까지는 진출했지만, 결국 천룡대공을 당해 내지 못했다."

설마 전설적인 명왕의 실력으로도 신룡전 팔 강 진출이 한계라니. 나는 생각보다 벽이 높다고 생각하며 다른 질문을 했다.

"신룡전 우승자인 천룡대공이 태천맹의 전대맹주라고 들었습니다. 그가 그렇게 대단한 사람이었습니까?"

성구몽 장로가 고개를 절레절레 저었다. 과거 일을 떠올리기 싫은 듯 찡그린 표정이었다.

"아니. 사실 신룡전 연옥에 들어온 시점의 실력은 내가 압도적으로 나았다. 자화자찬이 아니라 그 당시의 천룡대공은 겨우 초절정의 초입에 들어선 애송이였어. 하지만 그가 구성천의 무공을 익히기 시작하자 급격하게 강해졌다."

"으음……."

이어진 성구몽 장로의 말에 나는 눈을 크게 홉떴다.

"신룡전의 비밀을 타인에게 알릴 수 없는 계율 때문에 누구에게도 말하지 않았지만, 현재 신룡전의 연옥에는 나보다 강한 자가 최소 열 명 이상 존재한다. 그자들은 이미 이 세상의 무림에서 감당할 수 없는 수라(修羅)나 다름없어."

"네? 열 명?"

있을 수 없는 일이다. 지금 내가 겪은 성구몽 장로의 힘도 혼자서 수천 명을 쳐 죽였다는 전설이 과장으로 느껴지지 않는 수준이다.

강기벽을 자유자재로 수발하고 허공에 광선포를 마구잡이로 날릴 수 있는 괴물 같은 고수였다. 이미 국가의 군대로 감당이 불가능한 초법(超法)적인 존재였다.

그런데 성구몽 장로보다 강한 자가 열 명 이상이라는 건 비현실적인 과장이라고 느껴졌다. 성구몽 장로가 피식 웃었다.

"얼마 전, 황제 암살을 위해서 신룡전에서 세 명이 나왔다. 형산백응 회천과 망남, 청법아였지. 그들 모두가 나보다 강한 자들이다. 고작 세 명이서 전대 초고수 흑황령을 압도적으로 쓰러뜨렸으니 이미 반선(半仙)의 경지일 것이다. 그리고 그들 또한 신룡전 연옥에서 특출 나게 강한 편은 아니다."

내겐 짐작 가는 곳이 있었다.

"……."

비 오던 날, 내가 단신으로 태천맹을 휘저을 때 봤던 세 명의 괴인들. 그때는 부딪히지 않고 넘어갔었지만, 설마 그들이 그런 강자였다니.

한 명, 한 명이 그때의 나를 한 손으로 쓰러뜨릴 만한 실력을 보유하고 있었던 셈이다. 나는 갈수록 내가 초라해지는 기분이 들어서 우울해졌다.

성구몽 장로는 내 기분 따위는 아랑곳하지 않고 말을 이었다.

"진짜로 신룡전 우승을 노리는 초강자들은 연옥의 삼강(三强)이라고 불린다. 나는 그들에게서 백 초를 버티지 못한다."

백 초라는 말이 나와도 놀랍지도 않다. 신룡전은 세간의 무력 수준으로는 상상해서는 안 될 곳이라는 걸 이제 파악했기 때문이다. 대신에 나는 차분하게 궁금한 점을 물었다.

"그들이 누구입니까?"

"아수라왕(阿修羅王), 래지안(萊祗安), 자환(慈丸)."

나는 뒤의 두 사람은 몰랐다. 하지만 제일 처음으로 튀어나온 이름에 놀랐다.

"아수라왕?! 서역 천축의 제일고수 아닙니까! 그리고 구성천 서열 삼 위 멸겁윤회의 전승자……."

구성천 전승전인 귤화위지가 했던 말 때문에 알고 있다. 아수라왕은 멸겁윤회의 전승자 일족이며, 그런 만큼 매우 강력한 무림인일 게 빤하다.

"그는 일부러 신룡전의 연옥에 들어왔다. 그의 목표는 검성을 만나서 더 강해진 후, 신룡전의 모든 인간을 죽이는 거다. 구성천의 무공이 더 유출되면 곤란하니까."

더 놀라기도 힘들어서 그저 한숨을 푸욱 쉬었다.

이래서는 신룡전 우승을 바라는 것보다는 일단 살아남을 걱정부터 하는 게 먼저였다. 하긴 속세 무림에서 정점을 찍은 자들이 또다시 강해지려고 수라의 길을 걸었으니 오죽하겠는가! 하나같이 천인일재이며 만인일귀일 것이다.

"하아…… 비현실적이군요. 나머지 두 명은 뭡니까?"

"래지안은 황궁 제일의 진법가(陳法家)임과 동시에 천하제일뇌(天下第一腦)다. 오직 그만이 구성천 무공을 세 개

이상 혼합해서 익히고 있다. 또한 자환은 너도 알겠지만 자달 선생의 동생이다."

"자달 선생의……."

나는 말을 하다가 입을 다물었다.

수도 최고의 학자이며 태사였던 자달 선생은 남룡제를 살리기 위해서, 그리고 나를 위해서 자기 목숨마저도 버렸다. 나는 그 덕분에 검성지륜의 깨달음을 얻어서 약간이나마 강해졌으며 태천맹에 도전해서 목숨을 건질 수 있었다.

그런 자달 선생의 동생이라고 하니 왠지 슬픈 기분이 들어 버린 것이다.

성구몽 장로가 나를 힐끗 보다가 말했다.

"무슨 생각하는지는 모르지만 쓸데없는 연민을 품을 필요 없다. 자환의 경지는 이미 심검(心劍)과 무형검(無形劍)의 사이에 있다. 말 그대로 일대검왕(一代劍王)이니 지금의 네 실력으로는 자환의 일격에 전신이 수천 조각으로 분쇄될 거다."

쥐가 고양이 걱정해 주는 격이었다. 심검이니 무형검이니 무협 소설에서나 읽었던 경지가 출현하자, 나는 머쓱해져서 머리를 긁었다.

"무식하게 강하군요."

성구몽 장로가 어이없는 표정으로 내게 핀잔을 주었다.

"감탄만 할 게 아니다. 대체 그 실력으로 어떻게 신룡전 우승을 노리겠다고 나선 거냐? 방금 내가 말했던 삼강의 균형이 워낙 팽팽해서 이십 년 이상 결판이 나지 않을 정도다. 지금 네 실력으로는 신룡전에서 제일 약한 놈도 제대로 당해 내지 못한다."

동시에 아직 내 힘이 유극문 세 장로 중 누구에게도 미치지 못한다는 뜻이기도 했다. 장로들이 예전에 귀검 장문영을 껄끄러워했던 건 금제가 너무 많았기 때문이다. 진짜 힘을 쓰기 힘들었을 뿐, 그들 하나하나가 이미 초인적인 괴물이었다.

"……."

성구몽 장로의 핀잔에 나는 할 말을 잃었다. 예상했던 것보다 훨씬 신룡전의 수준이 높았다. 예전에 태천맹에서 일격에 현빙신군을 격살했던 신룡전 부총관이 했던 말이 생각났다.

"신룡전에서 네 명이면 충분해. 너희 사부들이 중원 어디로 도망치든, 어떤 세력과 손을 잡든 네 명만 있으면 십주야 내에 목을 벨 수 있다구."

'확실히…… 신룡전의 수준이 들은 대로라면 전혀 허세

가 아니다……'

천하에서 정점에 이른 괴물이나 달인들이 모여서 다시 최강을 가려서 검성에 도달하고자 하는 광연(狂宴). 그게 바로 신룡전의 실체였던 것이다. 거기서 도주하고자 한 성구몽 장로가 전혀 비굴해 보이지 않았다.

내가 고민하고 있을 때 성구몽 장로가 말했다.

"하지만 너에게는 엄청난 발전 가능성이 있다. 당장은 무리라도, 거기서 구성천 무공을 통합하며 힘을 쌓기 시작하면 어쩌면 삼강을 뛰어넘을지도 모르지."

"거기는 마냥 온유한 강호가 아니잖습니까. 자라기도 전에 죽을지도 모르죠."

"내가 그 말을 하려고 했는데 괘씸한 놈."

"스승님한테서 배웠죠."

"……."

"……."

침묵이 감돌았지만 우리 둘의 입가에는 짓궂은 미소가 감돌고 있었다. 왠지 모르지만 이 순간이 소중하다는 생각이 들었다. 별 시덥잖은 잡담이었지만 왠지 인생이 약간 채워진다는 생각이 들었다.

성구몽 장로가 말했다.

"정말로 들어갈 생각이라면, 모든 마음의 정리를 마친 후 유극문에 한 번 들러라. 우리 셋의 무공을 다시 정리해서 도와줄 테니까."

"신룡전의 제약이 있는 것 아니었습니까?"

"너에게는 상관없다고 총관이 직접 말했으니까 상관 없지. 아마 채은 장로는 널 더러 미쳤다고 하겠지만 신경 쓰지 마라."

"하하."

가볍게 웃고 있을 때, 불현듯 머릿속에 한 사람의 얼굴이 스쳐 지나갔다.

나는 한 여자의, 뻔뻔스럽게 아름답고 강인해 보이는 얼굴을 떠올리고는 멍한 표정을 지었다. 나와 검성지륜을 나눈 예화도 생각나고 협유곡에 있는 화영 공주도 생각나지만…… 어째서인지 지금은 그 사람밖에 생각나지 않는다.

나를 무림이라는 세계로 처음 이끈 존재.

"유극문주…… 사호(沙湖)는 어떻게 된 겁니까? 아직도 잘 지냅니까?"

"아, 그녀는 이미 연옥에 들어갔다. 한 두세 달 전에."

뜻밖의 대답이었다. 나도 모르게 성구몽 장로를 향해 휙 하고 고개를 돌렸다.

"뭐라고요?"

"그녀 스스로의 의지였다. 그녀는 우리보다도 총관과 가까웠으니 충분히 자격도 있었어."

"그런 말이 아닙니다. 아무리 천재라도 그곳에 들어가서……."

입에서 말이 더 나오지 않았다. 유극문주 사호의 무공에 대한 자질은 천재적이었지만, 아무리 그래도 벌써 신룡전의 연옥에 들어갔을 줄이야!

무공이 약하면 노리개나 노예 대접을 받는다는 말로 미루어 볼 때 사호가 어떤 꼴을 당할지는 미지수였다.

내가 안절부절 못하자 성구몽 장로가 느긋하게 말했다.

"너는 우리를 너무 못 믿는구나. 사호는 우리의 딸 같은 존재야."

"그래도……."

"우리는 충분히 그녀가 연옥에 들어갈 자격이 있다고 보았다. 아니, 사실 오늘 너를 만나기 전에는 사호야말로 신룡전 우승에 가장 가까운 존재라고 판단했지."

"무슨 말입니까? 말도 안 되잖습니까."

성구몽 장로가 팔짱을 낀 채 단호하게 말했다.

"말이 된다. 그녀는 이미 아버지인 천무검왕(天武劍王)의 무공을 모두 대성하고 그를 뛰어넘었다. 금제를 풀고 덤빈 나와 태월하의 합공도 혼자서 물리쳤으니, 신룡전 연옥 내에서도 삼강(三强)을 제외하고는 사호를 이길 존재는 없을 것이다."

"……."

그러고 보니 언제나 사호는 나보다 앞서 가고 있었다.

하지만 내가 상식을 뛰어넘는 성장을 거듭했으니 이젠 당연히 사호를 뛰어넘었을 거라고 생각하고 있었는데, 그녀는 이미 나보다도 더 빨리 앞을 향해 달려 나가고 있었던 것이다.

금제를 푼 명왕과 장강사신의 합공을 당해 냈다는 건, 그녀의 실력이 최소한 심검(心劍)의 경지에 도달했다는 의미였다. 성구몽 장로는 내 표정을 보자 그럴 줄 알았다는 듯 말했다.

"사호는 천인일재로도 표현하기 힘든 천재다. 너는 영왕 수라서 타고난 기반 덕으로 성장했지만, 그녀는 그런 것도 없었어. 그냥 무(武) 그 자체를 위해서 태어났다고 봐도 좋았다. 숨만 쉬어도 강해진다는 말을 믿게 할 정도였지."

"그렇다면……."

"너는 꽤 늦은 건지도 모른다. 사호가 지금 이 순간 얼마나 강해져 있을지는 우리도 예측이 안 된다. 네가 신룡전에서 우승하기 위해서는 아마 반드시 사호를 꺾어야 할 게야."

대답할 말이 궁했다.

어떻게든 사호를 쓰러뜨리겠다는 말을 하고 싶었는데, 말을 듣고 있다 보니 나까지 자신감이 없어지는 기분이 들었기 때문이다. 대신에 나는 하늘을 바라보며 말했다.

"사실 지금도 그저 '살아간다'는 것 이외에 제가 왜 살아 있는지는 모르겠습니다."

"……."

"하지만…… 적어도 이 모든 일의 시작인 검성을 만나면 최소한의 대답 정도는 들을 수 있을 것 같습니다."

내 말에 공감하듯 성구몽 장로가 고개를 끄덕였다.

"그런가. 나도 예전에는 그런 생각을 수천 번도 넘게 했었지……."

"천하최악의 재앙인 영왕수에게서 제가 분리된 데는 뭔가 이유가 있을 거라는 생각이 듭니다. 이 빌어먹을 강호에 그 대답을 해 주고 싶기도 해요."

"말만 하지 말고 슬슬 수련하러 가라."

성구몽 장로는 핀잔을 주면서도 이쪽을 바라보지 않았다.

나는 그를 물끄러미 바라보았다.

"어차피 이 몸은 분신이니 제게 광혈인을 가르쳐 주시면 되잖습니까?"

"……당연한 말을 왜 하느냐? 자세를 잡아 보라는 말을 하고 있는 거다."

나는 성구몽 장로의 퉁명스러운 말에 씨익 웃었다.

"솔직하지 못하시긴."

"빌어먹을 놈."

툴툴거리며 성구몽 장로가 자리에서 일어섰다.

지금 내게는 앞날도, 미래도, 과거도, 정체성도 없는 허깨비만이 존재하지만, 이렇게 숨 쉬고 있는 순간순간은 모두 '진실' 이라는 생각이 들었다. 누가 뭐라고 하든 간에 이 순간은 사라지지 않으니까.

3.
진(眞) 합일(合一)

그런 꿈을 꿨다.

"……."

시간이 얼마나 지났을까.

온갖 기억이 머릿속에 뒤틀려서 존재하고 있다. 술 취한 것처럼 머리가 깨질 것 같지는 않았다. 그저 뇌 속에 수십 개의 거울을 갖다 놓고 주름을 하나하나 비춰 본다는 기분이었다.

육체는 하나이지만 수십 개의 정신이 동시에 머릿속에 걸려 있다는 기분이기도 하다.

"육합귀진술이 끝났군."

나는 천천히 자리에서 일어섰다. 육합귀진술은 진체(眞體)가 따로 존재하는 게 아니다.

삼십육 분신이 모두 사라진 순간 하나의 몸으로 귀합(歸合)되는 현상을 일컫는 것이다. 달리 말하자면 분신 하나하나가 나눠진 실체라고도 할 수 있었다.

"꽤 시간이 지났네……."

내가 육합귀진술을 펼쳐서 분신을 나누었던 시간은 대략 삼 년 하고도 칠 개월으로 보였다.

나는 그 동안에 총 서른여섯 개의 분신이 중원 여기저기를 돌아다녔는데, 참 별의별 일을 다 겪었다.

흉신악살을 모두 한 번씩 만났고, 사황령과 만나서 살해되기도 하고, 구파일방의 추격대와 싸우다가 살해되기도 하고, 구성천 전승자를 만나서 찢기기도 하고, 운 나쁘게 천마공과 맞닥뜨려서 도망도 못치고 살해되기도 하고, 협유곡주한테 재수 없다고 살해당하기도 하고, 분신끼리 맞짱 뜨다가 공멸하기도 한 것 같다.

"……."

나는 중대한 사실을 깨닫고 고개를 푹 숙였다.

"아, 제기랄…… 엄청 죽었잖아. 지기도 엄청 많이 졌고……."

강자와 맞붙어서 죽은 분신은 열아홉 개였고 공멸한 분

신이 두 개였다. 나머지 열네 개의 분신은 중원 여기저기를 돌아다니며 정보를 모으든가 수련하든가 했다. 그 모든 수련의 경험과 기(氣)는 고스란히 이 몸으로 돌아왔고, 결과적으로 나는 약 오십여 년 분의 수련치를 공짜로 얻은 셈이었다.

강해진 것 같지만 어느 정도인지 아직 감은 잡히지 않았다.

나는 그래도 몸과 영혼에 별 이상이 없는 걸 확인하고는 한숨을 내쉬었다.

"하아…… 오늘은 하루 종일 기분이 더럽겠군."

단순히 분신을 나누었다는 기분이 아니다.

수십 개의 삶을 동시에 체험했다는 기분이 들었다. 심지어 삶과 죽음의 경계도 몇 십 번이나 드나들었으니 지금의 '나'가 진짜인지 확신할 수도 없었다.

왜냐하면 자신이 '분신'이란 것도 인지하지 못하고 죽었던 생생한 죽음의 기억도 존재했기 때문이다.

나는 신룡전 참가의 기본 조건인 검성전 천룡(天龍)까지 남은 시간이 어느 정도인지 생각해 보았다. 사실 지금 그냥 들어가 버려도 총관이 인정했으니 상관없지만, 지금 내게는 굳이 신룡전 안으로 기어 들어갈 이유가 없었다.

엄청난 강자들과 맞붙는 실전 경험은 끌리지만, 한 번 죽어 버리면 즉시 환룡이 내게 걸어 둔 저주가 발동된다. 어차피 구성천 무공은 내 기억과 경험 속에 있으니 내 나름대로의 방법을 써서 강해지는 게 훨씬 낫다는 생각이 들었다.

'육합귀진술을 쓰기를 잘 했어. 그냥 신룡전 연옥에 들어갔으면 아마 처음 발을 들이미는 순간 살해당했을 거야.'

산월 지방에서 성구몽 장로 밑에서 수련했던 분신이 특히 많은 정보를 수집했다.

아니, 제일 많은 소득을 끌어내었다. 그 정보가 아니었다면 어리버리하게 움직이다가 어느 순간 죽어 버렸을 것이다. 나는 안도의 한숨을 쉬며 생각했다.

'그나저나 분신이 모두 죽기 전까지는 무한정 지속될 거라고 생각했는데, 설마 다른 조건이 있는 걸까? 기억이 누락되어서 잘 모르겠어…….'

"흠, 어쩔 수 없지. 일단은……."

쿠구구구.

나는 주변을 둘러보았다.

이름 모를 설산(雪山)의 동굴 안에서 가부좌를 틀고 있는데, 눈 내리는 바깥에서는 심상치 않은 살기가 수도 없이 맴돌고 있었다. 아마도 이 근처에서 나를 봤다는 이야기를 듣고 온갖 현상금 사냥꾼이 몰려든 모양이었다.

이 정도면 일개 성(城)을 점령할 수 있을 정도의 병력이다.

"가볍게 몸 좀 풀어 볼까?"

숫자는 대충 오천 명 정도인 듯했다.

내가 분신술을 쓰고 다닌다는 소문이 퍼지자 일단 머릿수부터 많이 맞추는 게 기본이 된 것이다. 나는 뜻하지 않게 유명인사가 되었다는 걸 새삼 떠올리며 쓴웃음을 지었다.

"군용 화포까지 들고 왔나? 너무한 거 아냐?"

내 말이 끝나는 순간, 내 눈앞으로 음속으로 포탄이 날아들더니 폭발음이 울렸다.

쿠콰쾅!

*　　　*　　　*

휘익.

"귀찮아~"

현상금사냥꾼 '정리'가 끝난 것은 그로부터 약 반 시진이 지나서였다.

나는 예상했던 숫자보다도 약 이천 명이 더 많다는 걸 떠올리고는 마지막으로 기절시킨 병사를 저 멀리로 내던졌다. 이미 전장은 엉망이 되어서 제대로 움직이는 인간이 거의 없었다.

수행의 성과가 있었다는 생각이 들었다. 칠천 명 남짓한 병력을 쓰러뜨리면서 한 명도 죽이지 않았기 때문이다.

물론 모두가 잘 훈련받은 군인은 아니었지만, 현상금 사냥꾼 중에서는 일류고수도 있다. 이제 추적 때문에 두려워할 일은 없다는 생각을 하면서 그 자리에 풀썩 걸터앉았다.

백인장 하나의 품속에서 고급 육포를 꺼내서 뜯었다.

"흠, 검성전까지는 이제 육 년 정도 남았나? 사호는 지금쯤 한창 신룡전에서 성장하고 있겠군."

잔챙이들을 쓸어버렸지만 아직까지 내가 그렇게 강하다는 생각은 들지 않는다.

이제야 기준점에 선 느낌이다. 바닥에 널브러져 있는 놈의 등짝을 밟고 주변을 돌아보자, 확실히 내가 더 강해졌다는 사실을 실감할 수 있었다.

쿠구구구…….

광혈인(光血印) 십 성(十成).

이번 싸움에서는 단순히 광혈인밖에 쓰지 않았는데도, 손쉽게 수천 단위의 적을 쓰러뜨릴 수 있었던 것이다. 다른 건 몰라도 광혈인의 성취가 올라가자 무한에 가깝게 사용할 수 있었으므로 가능한 일이었다.

나를 괴물 보듯이 바라보던 한 상급 위관이 덜덜 떨었다.

"이, 이놈. 천하의 역적놈…… 네…… 네가 인간이냐……."

"인간이지. 다만 조금 셀 뿐이야."

나는 그를 향해 시선을 주지도 않고 설산의 눈바닥에 털썩 주저앉았다. 생각하고 싶은 게 있었기 때문이다.

'명왕 사부보다는 더 강해졌다. 그건 확실하지만…… 신룡검성전에 존재하는 괴물들과 싸워서 정말로 이길 수 있을까?'

지금 내가 당장 신룡전에서 꺾어야 할 상대는 세 명이다.

래지안, 자환, 아수라왕.

신룡전의 삼강(三强)이라고 불리는 자들을 꺾고 우승하지 못하면, 검성과 만날 기회따위는 없다. 그러기 위해서는 일단 육 년 후에 있을 '속세'의 검성전에서 우수한 성적을 거두어야 한다. 생각을 정리하던 중에 그 상급위관이 말했다.

"나, 날 죽이지 않는 거냐?"

"왜 안 죽인다고 생각하냐."

내 반문에 그는 벙 찐 표정을 짓다가 참혹하게 일그러진 얼굴을 했다.

상대조차 되지 않기 때문에 무시하고 있다는 걸 알아챘기 때문이다. 나는 피식 웃으면서 손짓을 했다.

"훠이훠이~ 여긴 날씨가 추우니까 얼른 챙기지 않으면 다들 동사(凍死)할걸? 늦기 전에 빠르게 움직이라고."

"태오…… 네놈은 대체……."

"재미없군. 그 말 외에는 할 줄 몰라?"

나는 그에게서 흥미를 잃고 고개를 돌렸다. 그리고 전신의 의념(意念)을 발끝에 모아서, 공간(空間)의 한계를 열었다.

구성천(九聖天).

육합천괘(六合天卦).

탈토(脫土).

구성천에서도 가장 빠르고 날렵하기로 유명한 육합천괘의 탈토신술이 펼쳐지자, 내 몸은 그 즉시 수직으로 이십여 장을 치솟았다. 그러고는 허공의 항력(抗力)을 거의 받지 않은 채로 설산의 하늘을 날아가기 시작했다.

휘오오오

실로 허공비행(虛空飛行)!

무공이 초인의 경지에 오르고 있다는 증거라서, 나는 차가운 바람을 귓전으로 흘리면서 싱긋 웃었다.

육합귀진술을 써서 경험과 무공을 수집했던 건 결코 헛

수고가 아니었던 것이다. 수십 명 분의 기억이 잠시 혼재되었었지만 격렬하게 싸우는 도중에 모두 하나로 통합되었다.

'지금의 나는 구성천의 모든 무공을 사용할 수 있다. 서열 일 위 영왕수는…… 그 자체로 구성천을 통합했다는 의미였던 거야.'

구성천 전승자들을 귀찮은 파리 정도로밖에 여기지 않는 것도 당연하다. 어떤 의미에서 영왕수는 진정한 구성천 무공의 지존(至尊)이다.

"음."

약 십여 리 정도를 날자 약간씩 고도(高度)가 떨어지기 시작했다. 나는 다시금 의념을 모아서 발출했고, 재차 몸이 더 높이 솟아올랐다. 하늘을 이토록 쉽게 날 수 있다는 건 예전에는 미처 몰랐던 사실이다.

이 세상의 중력이나 법칙을 어느 정도 무시할 수 있는 건 내가 의념(意念)의 경지에 올랐기 때문일 것이다.

"이제 가 볼까."

내 다음 목표는 정해져 있다.

협유곡(俠柳谷)!

나를 처참하게 패배시켰고, 일시적으로 영왕수의 준동을 막은 협유곡주 길상이 있는 곳이다. 지금 한 줌의 구름도 안 보이고 쾌청한 하늘을 날고 있지만, 나름대로 방위(方位)는 쉽게 알 수 있었다. 내가 익힌 육합천괘의 공력이 자동으로 나침반 역할을 해 줘서 대륙 어디쯤에 있다는 걸 알기 때문이다.

'여긴 하남(河南)이군. 협유곡까지는 천 리 길이 넘어…… 이 속도라면 약 두 시진 후에 도착할 수 있겠군.'

중원대륙의 강남에서 강북으로 가는 셈이다.

생각보다는 시간이 많이 걸리는 과정이었지만 만족하기로 했다. 천 리 길을 단 하루만에 가는 게 어디 쉬운 일인가! 그것도 하늘을 계속 날아서 가는 셈이니 다른 건 둘째치고 정신적인 만족도가 장난이 아닌 것이다.

하남에 온 김에 소림사도 들러보고 싶었지만 관두기로 했다. 지금 협유곡주를 보지 않으면 시간만 낭비하는 셈이기 때문이다.

내가 협유곡에 도착했을 때는 익숙한 안개의 절진(絕陳)이 나를 맞이했다.

쉬익!

나는 허공비행술을 쓰다가 별 수 없이 땅에 내려앉을 수밖에 없었다. 이상하게도 육합천괘의 힘이 절진 앞에서는 크게 꺾여 버렸기 때문이다. 바로 지상에 처박혀 버릴 기세라서 당황하면서 조심스럽게 경공으로 내려앉았다.

"뭐지? 역시 이 진은 심상치 않아."

저번에 왔을 때는 혼돈과 계약을 해서 강제로 무장해제를 한 적이 있다. 하지만 이미 죽으면서 저주가 해제된 상태이므로 이번에도 해야 할지는 미지수였다. 반신반의하면서 안개 속을 걷고 있자, 갑자기 안개 곳곳을 울리는 거대한 육합전성이 들려왔다.

[너는 또다시 나를 찾아 왔구나, 영왕수! 무슨 일이냐?]

익숙한 목소리다.

"협유곡주."

나는 안개 머나먼 곳을 응시했다.

왠지 모르겠지만 협유곡주가 있는 위치가 어렴풋이 느껴졌다. 예전보다 경지가 높아졌기에 가능한 일일 것이다. 협유곡주는 절진 속에 내가 서 있는 것만으로도 내 경지를 파악했는지 예전보다 자못 긴장된 어조로 육합전성을 날려왔다.

[후후. 네가 영왕수인 이상 다른 어떤 사실도 중요하지 않다. 거기에서 한 발짝만 안으로 걸음을 옮긴다면, 내 모든 힘을 다해서 네놈을 죽여 버리고 말겠다.]

나는 고개를 갸웃거렸다.

"경고하지 않고 그냥 습격하면 될 일이 아니오? 왜 굳이 경고를 하시는지."

[흐흐. 제법 잔머리를 굴렸구나.]

협유곡주 길상은 음침하게 웃더니 대답했다.

[궁금하면 더 걸어 들어와 봐라. 자신이 있을 때의 얘기지만.]

함정이라는 뜻이다. 그리고 협유곡주는 나를 도발하고 있었다. 나는 심상치 않은 함정이란 걸 대번에 느끼고 신중한 표정을 지었다.

'협유곡주는 내가 한때 불괴연혼의 수준에 이르렀다는 걸 알고 있다. 지금은 아니지만, 그것까지 감안하고 함정을 팠다면…… 이 절진에서 조금만 더 들어가면 엄청난 위험이 다가올 것이다.'

불괴연혼지체마저도 깨부술 자신이 있는 함정!

전설의 천마조차도 죽일 수 있는 절진, 지금의 나로서는 버거울 수밖에 없다. 나는 침음성을 흘리다가 말했다.

"협유곡주, 당신의 의도는 영왕수의 자존심을 자극해서 도중에 도망치지 않도록 하는 것이라고 생각하오. 그 사실로 미루어 보아, 이 앞쪽의 함정은 도주까지 막기는 힘든 성질을 갖고 있소."

아니라면 문답무용으로 진법을 발동하면 그만이다.

[……]

내 예측이 맞았는지 대답은 없었다. 나는 계속해서 말했다.

"하지만 나는 영왕수가 아니니 괜한 헛수고를 할 필요가 없소. 나는 그저 태오일 뿐이오. 중요한 얘길 하러 왔으니 진(陳)의 문을 여시오."

[영왕수와 태오가 뭐가 다르단 말이냐?]

"내가 진짜 영왕수라면 이런 잔꾀를 부릴 필요도 없이 그냥 진을 파괴했을 것이오. 영왕수가 세상에 모습을 드러냈다는 건 절대무적(絕對無敵)임을 확신했다는 뜻 아니겠소?"

[…… 흐음.]

스스스스스스

내 말이 맞는 말이라고 생각한 건지, 안개의 빛이 점차 걷히기 시작했다.

나는 언덕에 자욱하던 연기와 구름이 눈 깜짝할 사이에 없어지고 시정이 넓어지는 걸 느꼈다. 놀랍게도 협유곡주의 거처는 바로 십여 장 앞에 있었고, 협유곡주도 내 삼 장 앞에 서 있었다. 말 그대로 지근거리에 대기하고 있었던 것이다.

협유곡주는 여전히 귀여운 어린아이의 모습이었다. 그는 팔짱을 낀 채 나를 노려보며 말했다.

"믿을 수가 없다. 네게서 영왕수 특유의 사악함이 느껴지지 않지만, 네 무공 수준은 전에 봤을 때와 비교가 되지 않는다. 그 짧은 시간 동안 어떻게……."

"기연(奇緣)이 있었소."

"기연? 아…… 그렇군. 그게 분신(分身)이었으니, 합체하면서 모든 경험과 지식을 전해 받은 셈이군. 처음 보는 술법이야."

협유곡주는 고개를 주억거렸다. 하긴 육합귀진술로 만들어진 분신과 싸운 적이 있으니 내 상황을 파악할 수 있을 만하다. 나는 새삼 협유곡주에게 두 번이나 살해당한 경험이 있다는 걸 깨닫고 표정이 찝찝해졌다.

'젠장. 생각하지 말자.'

지금 당장은 내 생존(生存)에 필요한 행동만 해야 한다. 더 이상 혈기(血氣)만으로 여기저기 쑤시고 다니다가는 앞날을 점칠 수가 없었다. 나는 평정 상태를 유지하려고 노력하며 협유곡주 길상에게 말했다.

"협유곡주."

"말해라. 사내자식이 그윽한 눈빛으로 쳐다보고 있으면 때려죽이고 싶으니까."

여전히 입이 쓸데없이 험한 양반이다. 도무지 절대고수의 품격 같은 게 느껴지지 않는다. 나는 내색하지 않으며 말을 이었다.

"난 검성전에 나가서 우승한 후, 신룡전(神龍戰)에서 우승할 생각이오. 하지만 내 힘만으로는 해낼 수 없는 일이 있어서 협유곡주에게 부탁을 하러 왔소."

꿈틀.

협유곡주 길상이 팔짱을 풀었다.

눈썹이 꿈틀거리고 기운이 용맥(龍脈)을 타고 움찔거리는 것을 보니 내 말에 격동(激動)한 게 틀림없었다. 그는 황당한 듯한 눈으로 나를 쳐다보더니 말할 가치도 없다는 듯 손을 내저었다.

"불가(不可). 네놈이 뭘 부탁할지 모르겠지만 애깃거리도 안 되겠군. 썩 돌아가라."

"무슨 근거로?"

"후…… 크크."

협유곡주는 쓴웃음을 짓더니 별안간 절초(絕招)를 사용했다.

무상천마(無常天魔).

격랑천본앵(激浪千本櫻).

파아앗!

수천 개의 선강(線剛)!

협유곡주의 장심(掌心)에서 마치 거미줄처럼 뻗어 나온 거대한 기운은 이윽고 다발처럼 내 전면으로 쏟아졌다.

하나하나가 음속을 초월하는 속도와 삼 장 바위도 관통하는 파괴력을 지니고 있었다. 이전까지의 나였다면 이 한 수에 최소한 중상(重傷)을 입었을 것이다.

부웅 거리며 나선으로 꺾이는 변화도 측정불가능한 궤도를 안고 있었다. 무공의 이치를 통합했다고 볼 수 있을 정도다.

하지만 나는 육합귀진술을 써서 합일한 후, 무한(無限)에 가까운 내공과 새로운 무공 경지로 나아갔다. 그것은 흉신(凶神) 이고훈에게서 전해 들은 무혼십절(武魂十絕)의 묘용 중 하나였는데, 내가 지금까지 익히고 있었던 구성천의 절세무공과 혼합되면서 가공할 만한 상승효과를 나타낸 것이다.

스으으

내 좌수(左手)가 한 차례 흔들리더니 쇄도하는 강기 앞으로 젓듯이 앞으로 나아갔다.

단순히 한 동작에 불과했지만, 내 전신을 위협하던 공격은 그 한 초식으로 모조리 소멸(消滅)해 버렸다. 의념(意念)의 단계를 사용해서 상대방에게로 향하는 법칙(法則)을 일

순간 조작했기에 가능한 일이었다.

퍼엉!

이윽고 힘의 압력을 견디지 못한 공간에서 작은 폭발이 일어났다. 예전에 비하면 내 실력이 엄청난 발전을 이뤘다는 걸 체감할 수 있었다. 협유곡주 길상은 그럴 줄 알았다는 듯이 자신의 몸을 추스르며 말했다.

"넌 강해졌다. 내가 전력을 다해도 네 녀석을 이길 승산이 육 할(六割)을 넘지 않는다. 하지만 그 정도 실력으로 신룡전 우승을 노린다는 건 무리다."

역시 협유곡주 길상은 구성천 서열 이 위, 무상천마의 전승자답게 강호의 진실과 신룡전의 정체를 모두 꿰고 있었다. 명백한 거절이었지만 나는 단호하게 길상에게 말했다.

"알고 있소. 하지만 검성전이 열릴 때까지는 육 년이나 되는 시간이 있소. 그동안에 내가 어느 정도로 성장할지 생각해 본 적 있소?"

"……."

협유곡주가 망설였다. 천재(天才) 반열에 드는 협유곡주가 내 말의 가능성을 생각 못한 건 아닐 것이다.

하지만 그는 마음에 거리낌이 있어서 내가 도움을 주는 일을 꺼리고 있었다. 아마도 내가 영왕수일 가능성을 계속 염두에 두고 있기 때문일 것이다. 나는 여기서 순순히 물러나면 아무 일도 되지 않는다는 걸 알아채고 밀어붙였다.

"내가 원하는 건, 나와 함께 남룡제(南龍帝)를 황궁에서 구출하는 거요. 그가 죽는 꼴을 가만히 두고 볼 수는 없소."

"남룡제……? 놈이 살아 있다는 보장은 없다."

협유곡주가 불쾌한 듯 말했다. 자신의 스승 배분이며 남북쌍룡제로 이름을 날린 절대고수라지만, 그의 입장에서는 어쨌든 검성의 가문이므로 짜증날 수밖에 없다. 나는 침착하게 그를 설득하는 데 전력을 다하기로 했다.

"살아 있을거요."

"어떻게 장담하난 말이다."

협유곡주 길상이 한탄 비슷한 어조로 말을 이었다.

"알고 있을지 모르겠지만 당대의 황궁(皇宮)은 말 그대로 복마전(伏魔殿)이다. 무황령, 천마공, 십대고수, 동창…… 천하 어떤 세력도 황궁의 무력(武力)을 능가할 수는 없다. 거기에다가 살아 있다는 보장도 없는데 남룡제를 구하자고?"

나는 단호하게 말했다.

"살아 있소. 왜냐하면 내가 직접 살아 있다는 정보를 얻었기 때문이오."

"뭐?"

"육합귀진술을 썼을 때 내 분신 중 하나가 황궁에 침투

해서 싸우면서 암약한 일이 있소. 그때 남룡제가 황궁 심처에 붙잡혀 있다는 정보를 얻었지. 아마 지금도 살아 있을 거요."

거짓말이 아니다. 삼십육 분신 중 한 명은 황궁에서 정보를 얻기 위해 목숨 걸고 싸웠다.

"……."

협유곡주가 진정으로 황당한 표정을 지었다. 그 또한 천하 곳곳에서 태오(太烏)가 돌아다니는 걸 알고 있었겠지만 내가 했던 일을 예측하지 못했던 모양이다.

"그래서 네 분신은 어떻게 됐느냐?"

"무황령의 아들인 낙양성주 천마공(天魔公)과 싸우다가 죽었소. 일초지적이었는데."

말하면서 약간 얼굴이 붉어졌다.

그 기억을 떠올리니까 창피하다. 말 그대로 어떤 초식을 썼는지 알지도 못하고 전신이 산산조각 났기 때문이다. 천마공은 절대고수.

"퍽도 자랑스럽겠군. ……하긴 천마공을 상대로 버티는 것도 무리일 테지. 남룡제를 쓰러뜨린 게 아마 그놈일 테니까."

찝찝한 얼굴로 중얼거리던 협유곡주는 아마도 황궁에 있는 게 고대마교의 직계혈족이라는 사실도 알고 있는 듯했다.

그에게 있어서는 배다른 동생, 혹은 친척 같은 존재들이다. 무상천마의 정통성을 위해서는 한번쯤은 맞닥뜨려야 할 존재였다. 잠시 고민하던 협유곡주가 말했다.

"좋아. 네 말대로 너를 도와서 낙양에 붙잡혀 있는 남룡제를 구출하는 데 도움을 준다고 치자…… 그러면 내게는 무슨 이득이 있느냐? 대체 뭣 때문에 천하제일고수(天下第一高手)인 무황령과 반목하면서 남룡제를 구해야 하지?"

제일 중요한 대목이 나왔다. 이미 협유곡에 오기 전부터 생각하고 있었던 질문이므로, 나는 심호흡을 한 후 당당하게 대답했다.

"보험(保險)!"

"뭐라?!"

"당신도 검성신룡전 우승의 보상이 뭔지는 알고 있을 거요."

협유곡주가 고개를 끄덕였다.

"그래. 검성을 하루 동안 만나서 가르침을 받는 거지."

"하지만 남룡제라면, 검성에 대해서 무언가를 더 알고 있을 가능성이 있소."

"……"

협유곡주가 멍한 표정을 짓다가 말했다.

"그런 게 있었다면 남룡제는 진작에 검성을 만나러 갔을 것이다."

"아니오. 검성 본인은 자신의 혈족을 더욱 만나기 싫어했소. 그걸 알고 있는 남룡제로서는 만날 방법이 있어도 할아버지를 만나러 가지 않았을 거요. 이렇게 생각해 본 적은 없었소?"

이 추측은 천지사방을 육합귀진술로 돌아다니면서 만들어 낸 것이다. 분신들이 모아 온 정보에 따르면, 남룡제는 틀림없이 검성에 대해 '무언가'를 알고 있다. 단지 예전에 나와 함께 있을 시간이 없어서 그걸 이야기하지 않았을 뿐이다.

"그렇긴 하지만…… 너무 막연하지 않느냐. 겨우 그걸 근거로 천하제일인인 무황령과 목숨 걸고 싸우라니."

협유곡주의 항변에 나는 처음으로 싫은 기색을 보였다.

'더 참아 주기 힘들군.'

협유곡주는 처음 봤을 때는 천하의 영웅이고 대범하기 그지없는 마웅(魔雄)이기도 했다. 솔직히 말해서 멋있어 보였다.

하지만 지금 무황령과 싸우는 게 두려워서 우물쭈물하는 걸 보니 약간 정나미가 떨어진다.

"당신은 무엇 때문에 살고 있소?"

"……."

"협유곡주로서 대충대충, 술법과 무공으로 부귀영화를 누리는 게 당신 인생의 모든 목표입니까? 그럴 거라면 처음부터 내가 진법에 발을 디뎠을 때 무시했어야 하오. 이렇게 내 부름에 화답해서 나온 건, 당신에게도 무언가 야망(野望)이 있기 때문이 아니오?"

"그건……."

"긴말 하지 않겠소. 나한테 걸어 보시오! 당신 손에 두 번씩이나 죽으면서도 지옥에서 살아 돌아온 큰 까마귀[太烏]를 믿어 보란 말이오."

내 말은 그의 심장을 뒤흔든 게 분명하다. 눈빛이 흔들리고 있다.

"……."

협유곡주 길상은 오늘 만난 이래 처음으로 결의 어린 시선을 보내 왔다. 그것은 구성천 최강급 무공인 무상천마의 정통계승자가 내 편이 되었다는 뜻이며, 동시에 앞으로 검성을 향해 다가가는 발걸음이 한 걸음 가까워졌다는 뜻이기도 했다.

"좋다. 해 보자."

동료가 한 명 생긴 것이다.

* * *

저벅.

협유곡주는 나를 데리고 협유곡의 자기 거처로 들어왔다. 거대한 주루처럼 생긴 이 거처는 앞으로 내가 수련할 장소이자, 거점이라고 할 수 있었다. 나는 화영 공주가 있는지 없는지 두리번거렸지만 여기에는 없는 듯 했다.

"먼저 네가 알아 둬야 할 게 있다. 우리 두 명이 힘을 합쳐도 무황령(無皇靈)은 못 이긴다."

나는 예상했던 이야기인지라 고개를 끄덕였다.

"그리고?"

"하지만 천마공(天魔公)은 둘이서 합공하면 딱 절반의 승산이 있다. 그러므로 여차할 때는 놈과 싸울 수도 있다."

"천마공 휘하의 십대고수(十代高手)."

내가 가지고 있는 황궁의 정보 중에서 골치 아픈 건 바로 천마공의 수족과 다름없는 십대고수의 존재였다.

예전에 내가 황도에서 난리를 피울 때는 맞닥뜨리지 않았지만, 십대고수 전원이 힘을 합치면 충분히 남룡제와 겨룰 수도 있을 정도였다. 하나하나가 태천맹의 천룡육신군에 비견될 만한 존재들이다. 내 말에 협유곡주가 말했다.

"이 협유곡에는 내가 복종시킨 마인(魔人)들이 총 일백 명(名)이 존재한다. 황도에 쳐들어갈 때는 놈들을 모조리 데리고 가면 된다. 십대고수의 이목을 분산시켜 주겠지."

"강하오?"

협유곡주가 피식 웃었다.

"흥…… 무상천마의 후계자인 내가 어중이떠중이에게 마인(魔人)이라는 호칭을 붙일 것 같으냐? 네놈이 오기 전에는 이놈들을 데리고 구파일방을 멸망시켜 볼까도 생각했다. 내가 가진 세력을 얕보지 마라."

"……!!"

나는 그 말을 듣고 속으로 깜짝 놀랐다.

'이 사람은 허세 같은 걸 부릴 성격이 아니다.'

협유곡주의 말대로라면 협유곡 일백 마인들은 개개인이 절정고수이거나 초절정의 반열에 이르러 있다.

생각한 것보다 협유곡주의 전력이 막강하단 걸 깨닫고 침음성을 흘리고 있을 때 협유곡주가 말했다.

"정면대결을 하면 틀림없이 질 테지만, 너와 내가 남룡제를 빼낼 때까지는 충분히 시간을 벌어 줄 수 있을 것이다. 진짜 문제는 황궁(皇宮)에 펼쳐져 있는 래지안의 오행기관(五行機關)이다."

"오행기관…… 선천(先天)의 오행자연력을 움직일 수 있는 절진. 그걸 통과하려면 목숨을 걸어야 할 거요."

"그래. 그 안에서 천마공과 맞닥뜨리기라도 하면 빼도 박도 못하고 둘 다 죽을 거다. 오행기관부터 해결하지 않으면 남룡제 구출은 승산이 없어."

나는 곰곰이 생각을 했다.

협유곡 일백 마인과 함께한다면 충분히 태천맹, 동창, 십대고수의 이목을 끌어서 잡아 둘 수 있을 것이다.

하지만 오행기관은 사람이 아니라서 이목을 속일 수가 없다. 내가 만일에 천마공이라면 오행기관 내부에 남룡제를 가두어둘 게 빤하므로, 일단 그걸 해결하지 않으면 안 되는 것이다.

그때 문득 떠오른 생각이 있었다. 나는 혹시 하는 생각에 가설을 협유곡주에게 말했다.

"어쩌면……."

내 말을 듣자, 협유곡주가 무릎을 탁하고 쳤다.

"그래, 그렇겠군! 그 말대로라면 성공 확률이 이 할은 높아질 것이다."

"탈출 후에는 협유곡에 다시 오는 게 좋겠소?"

"그건 네 맘대로 해라. 지금 네 수준이면 무황령이나 천마공이 직접 추격하지 않는 이상 추살조 정도는 모두 해치울 수 있을 테니까."

"좋군."

나는 협유곡주와 이야기를 마무리하면서 상세한 계획을 이틀 동안 짰다.

원래 나는 평범한 십대 중반의 소년이라서 협유곡주와 진법이나 술법 이야기를 할 수 있을 턱이 없지만, 영왕수의 수천 년 기억을 전해 받은 지금은 오히려 협유곡주 이상의 지식을 갖고 있는 것이다.

협유곡은 며칠 동안 부산하게 북적였다.

그동안 협유곡주가 술법으로 만들어 낸 의식주를 제공받고 있던 마인들이 움직이면서 몸을 풀기 시작한 것이다.

반경 십여 리(里)에 이르는 거대한 협유곡의 마을을 전각에서 내려다보던 협유곡주가 말했다.

"이곳의 마인들은 하나같이 강호무림에서 사파 취급받거나 억울하게 쫓긴 녀석들로 이루어져 있지. 물론 진짜배기로 악랄한 놈들도 있지만, 그놈들에게도 억울한 사정이 있는 건 마찬가지이다."

내가 대답하지 않고 차를 홀짝거리는 동안에 협유곡주가 전각의 기둥에 등을 기댄 채 말을 이었다.

"네가 태천맹을 뒤집었을 때 아마 최심처에 있는 뇌옥(牢獄)의 존재를 알았을 것이다. 그 곳은 무림에 해가 된다고 판단되는 마인들을 붙잡아서 무공을 봉하고 평생 동안 가

둬 놓는 곳이지."

"나는 가지 않았소. 악살의 제자인 백황령(白皇靈)이 나를 이용하려 했지만 내 목적에만 충실했소."

나는 태연자약하게 대답했다.

그 당시에는 나에게 육합전성을 보내서 이용하려 했던 자가 누군지 몰랐지만, 지금은 충분히 알고 있다. 그자의 무공과 행동으로 보아서 흉신악살 양대천마 중에서 악살의 제자뻘인 백황령인 게 틀림없었다.

황궁을 수호하는 사황령(四皇靈)의 일인이자, 천하에서 열 손가락에 드는 고수. 아마 황궁의 무력 조직도 관리하는 수장일 것이리라.

잠시 침묵하던 협유곡주가 말했다.

"마인을 제압해서 가두고, 일반 무림인들의 안전과 평화를 도모하는 것…… 분명히 협의(俠義)라고 할 수 있을 것이다. 하지만 인간은 신(神)이 아니다. 태천맹이 아무리 공정하다고 해도 인간이 만든 단체일진데, 자신들의 기준으로 선악을 나누고 악한 자들을 제압하는 게 옳은 일인 것일까?"

"……."

"나만 이렇게 생각하는 건 아니지. 하나 태천맹의 태상호법(太上護法) 천룡대공(天龍大公)의 힘이 남룡제만큼 막

강해서, 천하 어떤 고수도 쉽게 거역할 수 없었다. 심지어 무황령이나 천마공조차도 함부로 천룡대공의 심기를 거스르기 힘들었지. 천하가 태천맹의 독주(獨走) 체제로 이어진 것이다."

"그런 이야기를 하는 까닭이 무엇이오?"

스윽.

협유곡주는 전각에서 슬며시 내려와서 내 앞에 앉았다. 그리고 맑은 대나무 청주를 한 잔 따라서 들이켰다. 어린아이의 모습을 하고는 마치 주당 같이 마시는 모습이 어색하지만 호탕해 보였다.

"지금 너는 검성을 만나는 일밖에 머리에 없지만, 신룡전에서 우승한다는 건 천하무림의 패권(霸權)을 쥔다는 것과 같은 말이다. 천룡대공은 남룡제 수준에서 그쳤지만, 그 이상의 자질을 지닌 자가 신룡전에서 우승한 후 검성의 가르침을 받는다면? 전대미문(前代未聞)의 절대자(絕對者)가 되는 게 가능하다."

"……그렇군."

"태오. 너는 아직 어리지만 영왕수의 지식과 경험을 갖고 있으니 내 말을 이해할 거라고 생각한다. 너는 이 강호에서 무엇을 꿈꾸며, 무엇을 이루고 싶은 것이냐?"

"……."

나는 뜬금없이 협유곡주가 이런 질문을 하는 이유를 알 수 있었다.

협유곡주가 진심으로 나를 후원해 준다면 아마 나는 어렵지 않게 신룡전까지 갈 수 있을 것이다. 만에 하나 신룡전에서 우승한다면, 내가 이 세상에 어떤 영향력을 미칠지는 미지수였다. 나이를 먹을 만큼 먹은 협유곡주로서는 내 의사를 확인하고 싶은 게 당연했다.

'영왕수…….'

나는 모든 문제의 본질에 위치해 있는 영왕수를 떠올렸다.

영왕수는 무림 최악의 재앙(災殃)이자, 절망이다.

인간의 힘으로는 감당할 수 없는 그 존재는, 수천 수만 년에 걸쳐서 영겁토록 세월을 반복하고, 모든 지식과 경험으로 제멋대로 깽판을 치고 다닌다.

거기에는 별다른 악의나 의도가 없어도 치명적인 재앙이 동반된다. 왜냐하면 끊임없이 강해지고 끊임없이 지식을 얻어 가는 동안에, 그 존재에게는 아무런 '목적'이 없기 때문이다.

그렇다.

구성천 서열 일 위 영왕수가 되는 조건은 오직 하나뿐이다.

별다른 재능 없고, 별다른 생각 없고, 그저 무림에 막연한 환상을 지니고 있으며, 노력도 별로 하지 않으며, 적당히 야망을 갖고 있고, 적당히 나태하고, 적당히 행동한다.

어디에서나 볼 수 있을 법한 '평범한 욕심쟁이'. 그게 바로 영왕수 그 자체라고 할 수 있는 것이다.

'특별함'을 지니고 있으면, 무한에 가깝도록 이어지는 시간의 반복 속에서 금세 정신이 죽어 버리고 나태해진다.

그러나 평범하게 욕망하고 평범하게 살아가고 경험을 얻는 범상한 인간일수록 이 세상을 무한히 되풀이 한다. 아무리 먹어 치워도 욕망이 채워지지 않기 때문이다.

아무것도 원하지 않는 인간을 설득하거나 쓰러뜨리는 건 불가능하다. 결국 거울에 대고 자문자답하는 꼴밖에 되지 않았다. 나는 한참이나 생각하다가 말했다.

"나는……."

주륵—

내 이어진 말에 협유곡주가 청주를 쏟고 말았다. 그 정도의 고수라면 있을 수 없는 일이지만, 내게 격앙했다는 걸 보여 주고 싶은 것이리라.

"영왕수를 설득할 겁니다."

* * *

남룡제 구출작전이 시작된 것은 그로부터 사흘 후였다.

스스스스.

어둠을 타고 수십여 명의 인영(人影)이 도하(渡河)하고 있었다.

야밤의 시야에서도 오 리(五里) 밖의 인간을 면밀히 확인할 수 있으니, 내 시력은 확실히 초인의 경지에 이르러 있는 듯했다. 나무 아래에서 조용히 팔짱을 끼고 있자 협유곡주가 말했다.

"태오. 이제 황도(皇都) 외성(外城)까지 일 리(一里)가 남았다."

"행동하자는 뜻이구려."

"마인들은 적당히 분탕질을 치며 신경을 잡아 둘 것이다. 정해 둔 계획을 잊지 마라."

"알겠소."

나는 말이 끝나자마자 고개를 들어서 어둠 너머에 있는 황도 낙양의 성벽을 쳐다보았다. 예전에 태천맹을 뒤집어 놓고 빠져나온 곳이었다. 그때보다 경비가 훨씬 강화되었을 것이고 고수들의 숫자도 많아졌을 것이다. 예전의 내 수준이라면 딱 죽기 알맞은 장소가 되어 있으리라.

하지만 지금은 다르다.

나는 황성 내부에 있을 남룡제를 구할 생각에 여념이 없었다. 그는 내게 기연이나 다름없었고 빚을 진 것도 있다. 어떻게 해서든 신룡전에 참가하기 전에 구출해야만 하는 존재이다.

파앗!

육지비행술(陸地飛行術)로 날아가자 한 달음에 이십여 장이 압축되었다.

한 번도 발을 딛지 않고 이 정도의 거리를 이동하는 건 보통 인간에게는 불가능할 것이다. 뿐만 아니라 나는 순수한 의미에서의 비행술도 어느 정도 사용할 수 있으니, 경공에 있어서 극한의 경지에 이르렀다고 할 수 있었다.

내 옆에는 협유곡주가 내게 한 치도 뒤처지지 않고 따라오고 있었다. 협유곡주는 질린 듯한 기색으로 말했다.

"고작 칠 주야 정도였는데 그사이에 다시 두 배는 강해지다니, 괴물 같은 놈."

"영왕수의 지식을 갖고 있는데 그 정도는 해야 하지 않겠소?"

"아무튼 말했듯이 나는 목숨까지는 걸지 않는다. 네가 할 만큼 해 봐라."

퓨웅!

말이 끝나자마자 협유곡주가 손가락을 들어서 전면의 성

벽을 향해서 지풍(指風)을 날렸다. 원래 지풍이란 건 인간을 점혈하는 데 자주 쓰이는 무공이었는데, 이번에는 차원이 다른 위력이 나와 버렸다.

쿠콰콰쾅!!

지풍의 빛이 돌성벽에 닿는 순간, 반경 육 장이 그대로 터지면서 성벽에 거대한 구멍이 뚫려 버렸다. 다행히 사상자는 없었지만 순찰을 돌던 병졸들은 기겁을 하는 기색이었다.

"뭐, 뭐, 뭐야?!"

"적이 대포를 쐈다!! 비상!"

대포랑 지풍을 착각을 하다니. 나는 일순 고개를 저었지만 어쩔 수 없는 일이었다.

내 옆에서 따라오는 협유곡주는 천하를 통틀어서 십 위권 이내에 들고도 남는 절대고수이기 때문이다. 일반인이 생각하는 무공과 차원이 달랐다.

우르르르!

성안에서 대기하고 있던 병졸들이 수백 명 단위로 쏟아져 나오고 있었다. 원래라면 야간이라서 이 정도의 비상대기조는 없어야 정상이었지만, 섬서와 하남의 병력을 모아서 수도에 집결시켰다는 소문이 사실인 듯했다.

'지금 황도 연도를 호위하고 있는 군단의 숫자는 어림잡

아서 최소 삼십만 명…… 일백 마인의 무공이 모두 절정고수 이상이라도 오래 버틸 수는 없다.'

나와 협유곡주가 날뛴다면 승산이 없는 것도 아니지만, 우리 목표는 전면전이 아니다.

남룡제를 구출해 줄 때까지 일백 마인이 충분히 병사들의 시선을 잡아 주기를 바랄 수밖에 없다.

나와 협유곡주의 신형이 엄청난 속도로 성벽을 뛰어넘어 갔지만 병졸들은 너무 빨라서 바람이 스쳐 지나갔다고 생각할 뿐이었다.

채 반 각도 지나지 않아서 나와 협유곡주는 내성(內城)까지 도달해 있었다.

아직까지 병사들을 제외한 무림 세력이 우리의 침입을 눈치채지는 못한 기색이었다. 내성 바로 앞에서 협유곡주는 경비병의 모습을 확인한 후 재차 지풍을 튕겼다.

무상천마(無常天魔).

천랑지(天狼指).

아까보다 두 배 이상 힘을 응축시킨 가공할 지탄(指彈)이 다섯 개나 전면을 향해 폭사되었다. 위력에 신경 쓴 탓에 일반인도 눈에 볼 수 있을 정도로 느렸지만, 그게 더 공포스러웠다. 내성을 경비하던 경비병들은 졸지에 사람 크기만 한 기 덩어리가 날아오는 걸 보자 혼비백산했다.

"히, 히이이익!"

"사람 살려!!"

쿠콰콰콰쾅!

콰아아아아아앙!!

외성 때와는 차원이 다른 붕격(崩擊)이었다.

내성은 돌벽이 아니라 매우 단단한 강석(剛石)으로 쌓여 있었는데, 단숨에 지풍 한 번으로 성벽의 절반이 괴멸되고 말았다. 성벽의 두께가 무려 십여 장에 이르는 걸 생각하면 경천동지할 만한 위력이었다.

아수라장이 일어나는 동안에 나는 기가 질린 표정을 지었다.

"오늘따라 너무 힘쓰는 거 아니오?"

"흥! 아직 시작도 안 했다. 태천맹 떨거지들이나 신경 써라."

스으으으.

그 말 대로였다. 내성 성벽을 뚫고 안으로 약 이십여 장을 진입했을 때, 새벽의 어둠을 뚫고 십여 명의 인영(人影)이 튀어 나왔다. 하나같이 무공을 뛰어난 경지로 익힌 고수라는 걸 경공만 보고도 알 수 있었다.

'태천맹의 지룡부 고수들이군.'

지룡전급 고수 십여 명이면 중견 문파의 장로급이 합공한다는 것과 같은 뜻이다. 초절정고수라고 해도 그리 쉽게는 돌파할 수 없는 방어막인데, 고작해야 내성에 진입하자마자 등장하다니 어이가 없었다.

협유곡주 길상도 그 사실을 느꼈는지 인상을 찡그렸다.

"천하의 태천맹원을 다 불러 모으고 구파일방 고수까지 다 모았다는 소문이 사실이었군. 일류고수급 이상만 수천 명이 안에서 바글거리고 있겠구나."

"흠, 어쩔 수 없죠."

나는 씁쓸하게 웃었다.

내 분신이 예전에 황궁 언저리에서 분탕질을 쳤으니 천마공이나 무황령은 당연히 경비를 강화할 것이다. 열 배 이상으로 견고해진 태천맹의 수비를 뚫는 건 그리 쉬운 일이 아닐 게 분명했다.

협유곡주가 나타난 일련의 고수들을 훑어보더니 말했다.

"다행히 아직은 송사리들이군. 밀려오는 놈들은 내가 처리할 테니 너는 어서 앞으로 가라."

"알겠소."

내가 짧게 대답하자 지룡부 고수들의 얼굴이 붉으락푸르락해졌다.

"송사리?! 이놈들이……."

퍼벅!

단 일 초만에 지룡부 고수들은 모조리 피떡이 되어서 나가떨어졌다.

그나마 손속에 인정을 봐줬는지 죽지는 않았지만 중상인 게 틀림없었다. 차원이 다른 힘과 속도였기에 반항조차 하지 못한 것이다. 협유곡주는 차가운 눈으로 그들을 내려다보았다.

"송사리 보고 송사리라고 하지, 뭐 거창한 수식어를 붙여 주리?"

"……."

"뭘 보나? 적당히 시선 끌고 따라갈 테니 시간 낭비하지 마라."

"그럼."

적이 아니라서 다행이라고 생각한 나는 재빨리 황궁으로 향했다.

황궁은 한 번 근처까지 가 본 적이 있어서 지리를 알고 있었다. 뒤쪽에서 요란한 폭음과 빛이 연신 터져 나오는 걸로 봐서, 아마 협유곡주가 대놓고 학살 시작한 모양이었다.

콰쾅!

쿠콰쾅!

"크하하하, 덤벼라!"

"이놈! 여기가 어디라고 분탕질을 치느냐, 마두야!"

"마두? 애송이가 잘도 지껄이는구나!"

뒤에서 사자후가 울려 퍼지고 있었다.

'세상에. 벌써 천룡육신군이 나왔군.'

나는 슬쩍 뒤를 돌아보았다가 기가 질린 표정을 지었다. 싸움이 시작된 지 몇 초밖에 지나지 않았는데 천룡육신군 중에서 두 명이나 협유곡주를 상대하러 앞에 나온 것이다. 천룡육신군의 수준이면 아무리 협유곡주라도 짧은 시간에는 쓰러뜨릴 수 없는 상대였다.

'아냐. 일단은 황궁의 방어를 뚫는 데 집중하자.'

외성과 내성의 수십만 황도수비군, 그리고 태천맹의 수천 고수들 이상으로 견고한 방어가 황궁이었다.

협유곡주도 그걸 알기 때문에 황궁을 공략할 시간을 줄이기 위해서 일부러 남기를 자청한 것이다. 미리 이야기된 작전이었기 때문에 머뭇거리면 나만 손해였다.

슈슈슉.

여기저기에서 내 움직임을 감지하고 무림고수들이 튀어나왔다.

하나같이 일류거나 절정, 간혹 초절정고수가 끼여 있었다. 내 경공이 워낙 빨라서 겨우 따라오는 듯했지만 이십

초가 지나기도 전에 백여 명 이상이 내 뒤에 꼬리처럼 따라 붙어 있었다.

"……."

진짜 많기도 하다. 벌써 이백 오십 명으로 늘었다. 이 중에서 일류급 이하는 한 명도 없었다.

"자비 좀……."

내가 이런 마굴(魔窟)에서 깽판을 쳤었다는 사실이 믿겨지지 않을 정도다.

태천맹을 적지 않게 무시하는 마음이 있었는데, 이 정도의 고수들을 대거 동원할 수 있다고 생각하니 속으로 기가 질렸다.

쿠웅!

내 앞에 또 다른 고수들이 출현했다.

지금까지와는 달리 경공으로 따돌리기도 쉽지 않은 상대라서 나는 지붕 위에 멈춰 섰다. 그들의 숫자는 총 열 명이었는데 하나같이 가공할 기도를 보유하고 있었다. 나는 그들이 삿갓을 쓰고 있는 걸 확인하고는 조용히 말했다.

"천마공(天魔公) 휘하의 십대고수(十代高手)."

"우리를 알고 있군. 귀하는 틀림없이 태오(太烏)겠구려."

십대고수의 대장으로 보이는 인물이 차분한 음성으로 말했다.

그들은 특이하게도 나를 명호가 아니라 이름으로 부르고 있었다. 나는 그들의 무위를 간접적으로 재 보았는데, 모두가 초절정급 고수였다. 검강을 자유자재로 수발하고 호신강기를 발할 수 있는 수준이었다.

'천마공의 호위대라고 할 만해. 분신도 십대고수 중에서 세 명 이상이 합공하면 버티질 못했지.'

나는 상대방의 강함을 잘 알고 있었기에 섣불리 덤비지 않았다.

그들도 나의 분신과 싸운 경험이 있었기에 눈에 이채를 띄고 있었다.

"이상하군. 우리는 분명히 그때 귀하의 사망을 확인했는데 시체는 흔적도 없이 사라지고, 또다시 찾아오다니…… 분신술이라도 쓰는 것이오."

"정답."

"그게 사실이든 아니든 여기까지 온 이상 귀하의 운명은 죽음으로 정해졌소."

나는 주위를 슬쩍 둘러보았다.

이야기를 나누는 사이에 태천맹의 고수들은 점차 불어나서, 종래에는 무려 사백여 명 이상이 나 하나를 둘러싸고 원진(圓陣)을 형성하고 있었다.

일개 병졸이라고 해도 사백 명이 모이면 결코 무시할 수 없는데, 일류고수급 이상이 사백 명 씩이나 포진하고 있다면 강호 무림 어떤 고수도 긴장하지 않을 수 없을 것이다.

게다가 눈앞에는 초절정고수인 십대고수까지 버티고 있지 않은가!

'쳇, 작전이 벌써부터 틀려먹었군.'

원래라면 황궁 내부에 진입한 후에야 십대고수와 맞닥뜨려야 정상이었다. 하지만 생각보다 기민한 대응 때문에 벌써부터 태천맹과 함께 적이 중첩되어 버린 것이다. 나는 입맛이 쓴 걸 느끼며 입을 열었다.

"미안하지만 비켜 주면 안 될까? 무슨 수를 써서라도 구해야 하는 사람이 있다."

"남룡제를 구하러 왔군. 우리 주군께서는 그를 죽이거나 홀대하지 않으셨소."

"전에도 십대고수 당신들은 그 말을 했었지. 하지만 이번에는 내 눈으로 직접 남룡제의 모습을 확인해야겠어."

"할 수 있다면 해 보시오. 이 포위를 뚫을 수 있다면 말이지……."

파아앗!

십대고수는 그 자리에 있었지만 옆에서 인룡부와 지룡부 고수들이 마치 파도처럼 덮쳐 왔다.

그들은 죽을 각오를 하고 있는지 단순무식한 십자횡진

(十字橫陣)을 구사하고 있었다. 아군이 칼에 맞아도 상관없다는 식으로 공격을 해 오면, 진법의 약점을 찾는 건 불가능에 가까워진다. 그것도 수백 명이나 되는 일류, 절정고수들의 합공이면 힘 싸움 외에는 답이 없다고 봐도 상관없는 것이다.

'쳇, 어쩔 수 없군.'

나는 속으로 혀를 차며 손을 들었다. 그리고 가로로 휙 저었다.

구성천(九聖天).

멸겁윤회(滅劫輪回).

위잉하는 소리와 함께 내 몸 주변에 삼 장 크기의 회색 강기막이 둘러쳐졌다. 합공하던 고수들은 검기와 검강을 떨쳐 내며 연신 공격해 왔지만 만다라가 명동(鳴動)하면서 모든 충격을 흘려 내었다. 나는 멸겁윤회강막 내에서 코웃음을 쳤다.

"드글드글 수고가 많군. 흥! 이거나 먹으시지."

콰아아앙!!

"크아아아악!!"

다음 순간 강기막이 수백 갈래로 터지면서 엄청난 진공

파가 사방으로 퍼져 나갔다.

위력을 조절할 수 없어, 사상자가 분명히 있을 테지만 신경 쓰지 않았다. 어차피 원한의 고리에서 벗어날 생각 따윈 하지도 않는다.

"기죽지 마라! 놈은 내공을 많이 소모했다!!"

노호성을 지르며 구파일방의 절정고수들이 진공파를 피해 내며 재차 공격해 왔다. 숫자는 많이 줄어들어 있었지만 그들 하나하나가 강호에서 손꼽힐 만한 자들이었다.

나는 똑같은 방식으로 회색 강기막을 만들어 냈지만 이번에는 모든 공력을 쏟아서 공격하는지 검압(劍壓)을 무시할 수 없었다.

내가 강기막을 유지하느라 인상을 찡그릴 때 십대고수의 수장이 황당한 듯한 눈으로 나를 쳐다보았다.

"고작 그사이에 어떻게 이렇게 강해질 수가……."

"남자는 한 달 안 보면 필살기가 한 개씩 더 생기는 법!"

나는 개소리를 지껄이며 손가락을 튕겼다.

동시에 상대방의 공력을 만다라에 가둬 놓으며 방어하고 있던 회색 강기막이 빛났다. 이번에도 폭음과 함께 진공파가 사방 일 리로 터져 나갔는데, 나는 그 순간을 놓치지 않고 움직였다.

퍼버벅!!

"크헉."

"크흑."

신음소리와 함께 여섯 명의 고수들이 그 자리에 쓰러졌다. 십대고수 중 여섯 명의 혈도를 단숨에 제압해 버린 후 나머지 네 명에게 그대로 짓쳐 들어가자 버티지 못하는 기색이었다. 수장이라는 자는 천룡육신군과 대등한 실력자였지만 상관없었다.

광혈인(光血印).

십성경지(十成境地).

"크아아악!"

단 일 초였다.

그가 난사편법(亂射鞭法)으로 편강을 날리며 저항해 왔지만, 내 손바닥에서 발출된 광혈인은 마치 공간을 꿰뚫듯이 그의 가슴을 강타한 것이다. 죽일 생각은 없었기에 적당히 내상을 입히는 정도였지만 그것만으로도 전의를 잃게 하기엔 충분했다.

"크윽……."

비틀거리던 십대고수의 수장은 폐허처럼 변해 버린 사방의 전장을 둘러보더니 황망한 표정을 지었다.

"이…… 이미 인간의 경지가 아니군…… 예전보다 스무 배…… 아니, 서른 배는 강해졌다니…… 이 무슨 말도 안 되는……."

"내가 남룡제를 구하면 안 되는 이유라도 있나? 이렇게까지 날 막아야 하나?"

나는 궁금했던 점을 솔직히 물었다.

사방에 몰려들었던 고수들을 이미 다 정리한 상태였고 십대고수들도 쓰러졌기에 내 방해물은 없어졌다고 해도 과언이 아니었다. 그는 입을 앙다물고 나를 노려보더니 이내 한숨을 쉬었다.

"하아…… 목숨을 걸어도 그대의 한 걸음을 막을 수 없겠군. 하나 알아 두시게. 우리의 주군께선 결코 비겁하거나 옳지 않은 짓은 하지 않소!"

"납치 감금은 충분히 옳지 않은 것 같은데 말이야."

"오행기관의 중추."

"음?"

"그곳에 남룡제가 있소. 가 보면 내가 틀린 말을 하지 않았다는 걸 알 수 있을 것이오."

나는 새삼스러운 눈으로 그를 바라보았다. 아무리 하늘과 땅만큼의 실력차이가 있어도, 십대고수쯤 되는 친위대들은 결코 함부로 정보를 누설하지 않는다. 내게 술술 정보를 분다는 것은 교란시키려는 거짓말이거나, 혹은 사전에 천마공에게서 명령을 받았든가 하는 경우뿐이다.

내가 의심스러운 기색을 늦추지 않자 그는 씁쓸하게 말했다.

"어쩌면 처음부터 예정된 일이었을지도 모르지…… 내 말을 믿고, 믿지 않고는 당신 마음이지만, 진실을 알고 싶다면 그곳으로 가시오."

"한 번 믿어 보지."

"고맙소."

나는 상대가 죽을지언정 결코 거짓말이나 헛된 짓을 하지 않는다는 성격이라는 걸 알고 있다. 심지어 내 분신이 십대고수들과 겨루어 패사(敗死)할 때도 결코 비겁한 기습은 하지 말라고 명령했던 인물이기 때문이다.

타앗!

'별로 힘들진 않군.'

다시 몸을 날려서 황궁의 내성 금위문에 도달하자 경비병이 보이지 않았다. 대신에 동창과 금의위의 요원들이 마치 산더미처럼 진을 치고 있었다. 그들의 실력 또한 강호에서 거대세력이라고 칭하기에 부족함이 없었다.

금의위 요원들의 제일 선두에는 한 금의인(錦衣人)이 팔짱을 끼고 있었다.

내 기준으로 볼 때 실력이 대단해 보이지는 않았지만 그는 확실히 금의위 내에서 매우 높은 직위인 듯했다. 그 주변에 있는 자들은 하나같이 첩형이나 대교두였기 때문이다.

금의인이 걸어오는 나를 보고 말했다.

"태오. 나는 금의위 서열 이 위인 영반 하위지라고 한다. 대화를 요청한다."

"대화? 황제를 수호하는 비밀 무력 단체가 먼저 대화를 청한다니 개도 웃겠군."

나는 냉막한 어조로 말했다. 나는 이미 내가 중원을 돌아다니며 천산까지 쫓겼던 배후에 금의위가 있다는 사실을 알고 있다. 금의위영반 하위지는 틀림없이 내 추살령에 관여한 인물일 것이다. 내가 곱지 않은 눈길로 그를 노려보자, 하위지가 자신의 검을 앞으로 내던졌다.

챙그렁

"부탁이다. 반 각이라도 좋으니 이야기를 하자."

"무슨 이야기를 하고 싶다는 거냐? 나는 남룡제를 구할 것이고, 너희가 막아선다면 모조리 쓰러뜨릴 뿐이다."

"막을 생각은 없다. 그러나 우리 이야기를 들으면 너도 납득할 것이다."

"뭘 납득한다는 거냐?"

"너와 우리가 싸울 필요가 없는 이유!"

하위지의 눈에는 핏발이 서 있었다.

목숨을 걸 정도로 간절하다는 뜻이었다. 사람의 진심 정도는 파악할 수 있었으므로 나는 망설여졌다. 금의위에서 지고의 권력을 지닌 자가 목숨의 위험을 떠안고라도, 대역적인 내게 하고 싶은 말이 무엇일까?

나는 갈등하다가 입을 열었다.

"……해 봐라."

이어진 하위지의 말에 나는 눈을 부릅떴다.

"신룡전(神龍戰)에서 다섯 명의 고수가 파견되어서 현재 천마공과 무황령께서 그들을 막고 있다. 그자들을 막을 수 있는 건 너뿐이다."

"뭐?! 무슨 말이야."

"크윽…… 이 나라의 명맥이 끊긴다는 소리다!"

하위지가 답답한지 이를 으득 깨물었다.

그는 주변을 살피더니 내게 상당히 긴 내용의 전음을 보내 왔다.

[황제께서 암살당하신 후, 차기 황제를 옹립하려는 움직임이 있었다. 하지만 반역도들은 천마공께 제압당하고 간신히 전국의 황위 계승자들을 모으기 시작했다. 그런데 한 시진 전에 신룡전에서 다섯 명의 고수가 쳐들어와서 황도

에 있는 모든 것을 죽이려 하고 있다! 두 분께서 결투를 청해서 시간을 끌고 있지만 이 땅에 있는 모든 인간이 살해당할지도 모른다.]

[신룡전이 갑자기 왜?]

[그런 건 모른다! 다만 확실한 건…… 네가 방금 그랬듯이, 절대고수를 상대로 숫적 우위는 아무런 의미가 없다. 네가 아니면 누구도 그들을 막지 못할 것이다.]

"……."

나는 잠시 눈앞의 금의위, 동창 요원들과 내가 상대할 경우를 생각해 보았다. 내가 진심으로 죽일 마음을 먹는다면 눈앞의 백오십여 명의 고수들은 삼 초도 되지 않아서 피떡이 되어서 죽을 것이다. 그 정도의 실력차가 존재하고 있었다. 심지어 지금의 나는 협유곡주보다 약간 더 강하다고 확신할 수 있는 것이다.

'만일 신룡전의 고수들이 내 수준이라면 충분히 가능한 일이다.'

십대고수들이 나를 적극적으로 목숨 걸고 막지 않으려 했던 이유도 알 수 있었다.

그들 입장에서는 혹시나 내가 천마공을 도와줄지도 모른다는 기대를 할 수 있기 때문이다. 절대고수는 한 명이라도 많으면 좋기 때문에 도리어 내 심기를 거스르지 않으려 했던 것 같다.

그렇다고 해도 이 시점에 신룡전 고수들이 황도에 쳐들어오다니 부자연스러웠다. 분명히 황궁세력과 신룡전은 서로 협력관계로 공조하고 있었던 걸로 기억하는데, 하루아침에 배신하다니…… 그것도 하필이면 나와 협유곡주가 공격하기로 한 시간과 거의 차이가 나지 않는 것도 꺼림칙했다.

하지만 이대로 천마공과 무황령이 죽도록 내버려 둘 수도 없다. 말하는 걸 들으면 틀림없이 열세라서 겨우겨우 막고 있는 셈인데, 황도에 살고 있는 수십만 명의 인간이 싸그리 몰살당하는 결과를 두고 볼 수는 없다. 나는 뭔가 휘둘리는 느낌이 찜찜했지만 별 수 없이 고개를 끄덕였다.

"좋아. 하지만 일단 협유곡주와 마인들에게 공격을 멈추고 그냥 보내 줘라. 협유곡주와 이야기해 봐야겠다."

"알겠다."

하위지는 급히 명령을 내리는 듯했다.

나도 저 너머에 느껴지는 협유곡주의 기(氣)를 감지한 후, 육 리는 떨어진 거리에서 육합전성을 보냈다. 협유곡주는 마침 천룡육신군을 갖고 놀다가 제압한 후 놀고 있었다.

[상황이 달라졌소. 이야기를 해 봐야겠습니다.]

[무슨 상황? 넌 왜 황궁에 들어가지 않고 거기에 멈춰

있냐.]

[신룡전이 개입했소. 빨리 와 보시오.]

파바바밧!

협유곡주는 일각도 지체하지 않고 육지비행술로 내가 있는 곳까지 마치 축지법(縮地法)이라도 쓰듯이 날아왔다. 그는 곱지 못한 눈으로 전면에 도열해 있는 금의위, 동창을 살펴보더니 말했다.

"무슨 소리야? 신룡전이 왜?"

내가 사정을 설명하자 협유곡주가 인상을 찡그렸다.

"신룡전 다섯 명? 그걸 천마공과 무황령이 겨우 막고 있다고? 이런…… 그러면 틀림없이 그놈들이군."

"그놈들? 뭔가 알고 있는 게 있는 거요?"

서로가 서로에게 궁금한 게 많은 상황이었다. 이야기가 약간 겉도는 걸 느낀 협유곡주가 손을 휘휘 저었다. 그는 잠시 생각을 정리하더니 내게 조심스럽게 말했다.

"네 말대로라면 지금 남룡제는 천마공, 무황령에게 협력하고 있는 게 분명하다. 완전히 편을 들어 주지는 않더라도 신룡전 고수들을 막는 데 도움을 주고 있겠지. 그러면 황궁 내부는 수적으로는 세 명 대 다섯인 상황일 것이다."

"그럴 것 같소."

나는 고개를 끄덕였다.

십대고수의 수장이 한 말이 사실이라면, 남룡제가 오행기관의 중추에 있는 이유는 하나뿐이다. 지금 그곳에 신룡전 다섯 절대고수들과 천마공, 무황령, 남룡제가 모여서 결투를 벌이고 있는 것이다. 어째서 남룡제가 그들을 돕는지는 모르지만 세뇌당할 사람이 아닌지라 뭔가 이유가 있을 거라고 생각할 수밖에 없었다.

"오행기관의 중추에서 싸우고 있다면, 어쩌면 무황령은 그자들을 못 막을 경우 황궁의 오행기관과 함께 자폭(自爆)할 생각인지도 모르겠군."

침중한 어조였다. 나는 자폭이란 말을 듣고 깜짝 놀라서 반문했다.

"자폭? 무황령은 남룡제보다 한두 수는 더 강력한 천하제일급 강자라고 들었는데, 그걸 생각해야 할 정도로 신룡전의 자객들이 강하다니."

"물론 무황령은 나나 너보다 강하다. 하지만 무황령이 그 정도 각오를 할 만한 상대라면 정해져 있다. 그 자들은 인외(人外)의 마물(魔物)들이니 별 수 없는 일이지……."

"설마……."

"그래. 연옥의 삼대강자(三大强者)가 찾아온 것일 게다."

신룡전, 연옥의 삼대강자!

아수라왕(阿修羅王), 래지안(萊祗安), 자환(慈丸).

내 스승인 성구몽 장로가 가르쳐 준 그자들의 존재는 처음에는 실감이 나지 않았다.

신룡전 우승자인 천룡대공이 천하제일에서 멀어져 있는 수준이니 어떻게든 감당이 될 거라고 생각했다. 하지만 속세에서 천하제일인이라고 불릴 만한 당대의 천마신교주, 무황령이 자폭까지 각오를 해야 할 정도로 강하다니?

협유곡주가 인상을 찡그렸다.

"그중에서 검왕(劍王) 자환과는 한 번 겨뤄 본 적이 있다. 나는 그자의 무형검(無形劍)을 당해 내지 못하고 일백 초 만에 패배했다. 그때보다 더욱 강해졌다고 생각하면, 나는 삼십 초 지적이 안 될지도 모른다……."

"……."

인외라고 부르기에 적당하다.

강호무림에서 명왕이라고까지 불렸던 성구몽 사부가 기가 죽을 만도 하다. 협유곡주도 구성천 서열 이 위 무상천마의 전승자인데 상대가 되지 않는다니.

"어떻게 할 거냐? 지금 우리가 무황령에게 합세한다면 수적으로는 다섯이 되어서 딱 맞다. 하지만 제 무덤을 파는 짓일지도 몰라. 연옥의 삼대강자는 흉신악살(凶神惡殺) 대선배들이 세상에 나오지 않는 이상 막을 수 없는 괴물들이다."

"그래도 가야 합니다."

"나는 안 갈 거다. 죽기는 싫다."

협유곡주는 고개를 돌렸다. 스스로도 비겁하다고 생각했는지 약간의 말로 변명을 갖추었다.

"너도 잘 생각해라. 이 자리에서 죽는다면 검성을 만나볼 기회는 영영 사라질지도 모른다."

"그럴지도……."

나는 잠시 눈을 감았다.

그리고 남룡제가 내게 어떤 의미가 있는 인간인지를 생각해 보았다. 천산파의 장문인이자 한때 천하제일을 노리던 초고수. 그리고 검성의 손자로써, 나와도 적지 않은 인연이 있다. 무엇보다도 천지 간의 전쟁을 멈추기 위해서 노력한 협의지사이기도 하다.

나는 곧 눈을 떴다.

"마인들을 데리고 돌아가십시오. 저는 남룡제를 도우러 가겠습니다."

"말리지 않겠다. 살아남으면 협유곡에 돌아와라."

"그러겠소."

쉬이익!

협유곡주는 한 치의 망설임도 없이 사라졌다. 그는 목숨을 걸지 않겠다는 당초의 이야기대로 진행할 생각인 듯했다.

냉정하다고 생각했지만, 어쩌면 그가 옳을지도 모른다. 연옥의 삼대강자의 힘이 그 정도라면 지금 내 행동이 자살 행위다.

그렇지만, 이 자리에서 물러난다면 아무것도 하지 못한 채 절망적인 미래만 다가올 거라는 생각이 들었다. 이래도 후회하고 저래도 후회한다면 내가 하고 싶은 일을 해 보는 것이 옳지 않은가? 나는 내 신념(信念)이라고 부를 만한 게 생겼다는 사실에 아주 약간, 흡족해졌다.

하위지가 홀로 남은 나를 향해 말했다.

"따라오시오. 오행기관의 생로(生路)로 안내하겠소."

4.
허무

오행기관.

절세천재 래지안이 직접 구상하고 만들었다는, 선천(先天)의 오행(五行)을 구성해서 만들어 낸 천고의 절진.

이곳은 남룡제조차도 혼자 힘으로 뚫기는 버겁다고 할 정도로 대단한 방어막이었다.

'그리고 신룡전 고수들은 이곳을 제집처럼 쳐들어왔다는 거지.'

나는 오행기관의 내부를 걸으면서 진법지식을 동원해서 오행기관의 위력을 유추해 보았다. 그리고 이런 변태적인 절진(絕陣)을 구상한 자는 제정신이 아니고, 이런 걸 가볍게 돌파하는 자는 그 이상의 변태(變態)라는 생각이 들었다.

여러모로 인간의 상식을 벗어나 있었기에 나는 더 생각하지 않기로 했다.

내 앞에서 걷고 있던 하위지가 말했다.

"내부의 상황이 어찌 된지는 나도 모르오. 금의위 서열 일 위 백황령께선 그자들에게 단숨에 살해당했고, 내 힘으로는 관찰조차 불가능했소."

그의 말투는 반 존대로 변해 있었다. 내가 유일하게 기댈 수 있는 협력자이기 때문에 최대한 심기를 거스르지 않으려는 듯했다.

"백황령이 죽었다고? 황제를 수호하던 흑백쌍령(黑白皇靈)이 모두 죽었군."

담담한 내 말에 하위지가 흠칫하더니 고개를 끄덕였다.

"……그렇소. 그리고 남룡제와 무황령, 천마공 전하께서 돌아가시면 무림의 모든 별(星)이 꺾이는 셈이오."

"……"

맞는 말이었다. 전대에 천하제일을 다투던 고수들은 삼황령(三皇靈)과 쌍룡제(雙龍帝)다. 거기에다가 천룡대공(天龍大公)이나 협유곡주, 구성천 전승자들이 포함되겠지만 삼황쌍룡이 무림의 절대고수라는 사실에는 이론의 여지가 없었다.

나는 이해가 되지 않아서 질문했다.

“갑자기 신룡전이 배신한 이유가 뭐지? 너희 황궁과 협력 관계가 아니었나?”

“일방적이었을 뿐이오. 신룡전에서 뛰어난 고수를 제공해 주면 우리의 임무에 가끔씩 동원했을 뿐. 정작 우리는 신룡전에 대해 거의 아는 게 없소.”

천하에서 가장 뛰어난 정보 단체라는 금의위, 동창의 행동답지 않았다.

하지만 애매모호하게 관계를 정의할 수밖에 없을 정도로, 신룡전의 숨겨진 압력이 대단했다는 뜻이기도 하다.

“백황령도 말인가?”

“……이번 사건을 두고 보면, 신룡전에서 백황령을 귀찮게 여겨서 없애려는 목적도 있었던 것 같소.”

“그렇군.”

아마 백황령과 흑황령은 쌍룡제에게 큰 위협을 느끼고, 신룡전과 손을 잡았을 것이다. 그리고 그들과 연계되는 징검다리 역할을 자칭했으리라.

그 결과 남룡제조차도 암살이 불가능하다고 여길 정도로 강력한 황도의 방어막이 완성되었다.

그러나 힘이 강한 쪽은 언제나 우위를 지닌다. 어찌 보면 신룡전 고수들에게 배반당해서 죽은 흑황령이나 백황령은 자신들이 이용당할 거라는 생각까지는 하지 못한 것이다.

내가 생각에 잠겨 있을 때 하위지가 철문 앞에 멈춰 섰다.

"이 문을 열고 쭉 들어가면 일직선 거리에 오행기관의 중추가 나올 것이오. 건승을 빌겠소."

"궁금한 게 있다."

"말하시오."

"당신은 무림(武林)을 좋아하나?"

"……."

뜬금없는 질문이라고 생각했는지 하위지가 눈을 끔벅거렸다. 그는 잠시 후 말했다.

"싫소."

"어째서?"

"개인적인 정의는 관계없소. 우리는 치안과 황권을 지키는 존재, 힘이 민간의 무력 단체에게 쏠리는 건 결코 용납할 수 없소."

"헤에. 황제가 죽어서 천하가 혼란스러운 지금 당신들이 무엇을 해야 하는지는 생각해 보지 않았나."

"……그 대답은 할 수 없소."

하지 않는다는 건지, 정말로 할 수 없다는 건지 알 수 없었다.

하지만 내게는 그 대답만으로도 충분했기에, 나는 하위지에게 미소를 보이며 인사했다. 그의 대답은 내게 큰 도움이 되었기 때문이다.

"고맙소."

투웅!

문이 육중하게 닫히고, 나는 천천히 일직선 통로를 걸어 들어갔다. 어두컴컴한 지하였지만 곳곳에 횃불이 달려 있어서 편하게 갈 수 있었다. 잠시 후 나는 삼십 장 밖에 있는 기척을 느낄 수 있었다.

'여덟 명…… 예상했던 대로군.'

육안으로 쉽게 확인이 될 정도의 거리에 오자 모든 게 확실해졌다. 한쪽 진영에 있던 고수들 중, 매우 익숙하고, 내가 구출하려고 온 당사자가 나를 알아보았다. 후줄근한 문사 복장을 하고 있는 청년이 활짝 웃으며 내게 손을 흔들었다.

"어서 오게! 마침 잘 왔군."

"별 일 없으셨습니까."

"하하. 일이 좀 꼬였을 뿐이지."

털털하게 웃는 남룡제(南龍帝)가 거기에 있었다.

'짜증나.'

사람 걱정시켜 놓고 한없이 태연한 태도를 보니 살짝 짜증날 정도였다.

그리고 남룡제의 양옆에는 두 명의 미청년이 서 있었는데, 한 명은 마치 소녀처럼 요사스러운 아름다운 외모였다. 다른 한 명은 수척한 인상의 회색 머리칼의 청년이었다.

혈연관계인 건 확실한지 외양에서 풍겨 나오는 느낌이 비슷했다. 그중에서 여인과 착각할 정도로 아름다운 미청년이 나를 힐끔 바라보더니 말했다.

"태오(太烏)군요."

"천마공(天魔公)."

나는 짧게 그의 명호를 확인했다.

현(現) 낙양성주이자 무황령을 대신해서 성 내의 모든 권력을 총괄하는 지배자. 황제가 없는 지금 그는 권력의 제일 인자에 가깝다고 해도 과언이 아니었다. 나는 천마공의 옆에 있는 회색 머리칼의 청년을 쳐다보았다.

"당신이 무황령(無皇靈)입니까."

말로만 듣던, 비공식적인 천하제일인(天下第一人). 그리고 구성천 전승자이자 천마(天魔)의 맥을 잇는 마교주(魔教主).

나는 무황령의 내면에 잠들어 있는 거대한 힘을 느끼자

잠시 식은땀이 흐르는 걸 느꼈다. 오늘 만났던 그 어떤 고수보다도 더욱 무시무시한 잠재력이 전신에서 흘러 뻗치고 있었다.

무황령은 우묵한 눈으로 나를 바라보더니 말했다.

"태오, 자네 이야기는 많이 들었네. 하고 싶은 말은 많지만…… 우선은 오늘 이 자리를 해결하는 게 우선이겠군."

나는 그제야 세 명의 중원 절대고수들과 대치하고 있는 적들을 주시했다. 그들은 총 다섯 명이었는데 흥미로운 기색으로 나를 보고 있었다. 그들 중에서 청삼에 두건을 하고 있는 갈색 머리칼의 중년인이 말했다.

"상당한 실력자군. 이 자리에 서 있을 자격은 있다."

"아수라왕(阿修羅王). 저 아이가 말로만 듣던 태오라는 녀석이군요."

"그렇다 해도 오늘 우리와 싸운다면 목숨은 없다."

아수라왕은 단호한 태도로 단정 지었다.

그의 눈은 새파랗게 빛나고 있어서 서역인인 걸 알 수 있었고, 전신에서 단련된 투기(鬪氣)가 미세하게 피어오르고 있었다.

투기라는 걸 느낄 수 있는 것도 내 수준이 올라서일 뿐, 보통 사람들은 알아챌 수 없을 정도다. 하지만 기(氣)를 유형화시키는 수준을 넘어서 마음에 따라 움직이는[心御] 경지이니 경이로움마저 일어났다.

옆에 있는 인물들은 말로만 듣던 래지안(萊祗安)과 자환(慈丸)인가 싶었다. 나는 아수라왕 옆에 있는 자들을 보고 말했다.

"실례지만 누구신지 알 수 있겠습니까."

"나는 래지안이고, 나머지 셋은 망남, 회천공, 청법아라고 한다. 통성명은 이 정도면 될까."

상당히 체구가 크지만 명백히 적건(赤巾)을 쓴 문사(文士)같은 사내가 퉁명스럽게 말했다.

그는 시간을 낭비하는 게 마음에 안 드는 듯했다. 래지안은 나를 한 번 쳐다보더니 중얼거렸다.

"물어보고 싶은 게 있으면 빨리 물어봐라."

"친절하시군요."

"유언쯤 못 들어 주겠나."

질문을 유언으로 생각하라는 뜻이었다. 다시 말하자면 질문이 끝나자마자 공격하겠다는 무언의 암시이기도 했다.

당장에 싸워도 상관 없을 텐데 천하에서 손꼽히는 고수들을 상대로 이 정도의 여유를 보일 수 있다는 게 대단하다고 느껴졌다.

"자환은 오지 않았습니까?"

"죽었다."

"……!"

래지안의 짧고 간결한 대답이 도리어 내 쪽이 당혹감을 느꼈다. 놀란 건 나뿐만이 아닌지 무황령과 남룡제, 천마공셋도 동요를 감추지 못했다.

그만큼 대단한 정보였고, 뜬금없다고까지 느껴졌다. 나는 혹시…… 하는 마음에 연속해서 물었다.

"설마 그를 죽인 게 사호(沙湖)입니까?"

"맞다. 너는 그녀와 같은 문파 출신이니 잘 알고 있겠군."

래지안은 이미 내 출신이나 정체 같은 걸 파악하고 있는 모양이었다. 하긴 분신이 서른여섯 개나 강호를 떠돌았으니 모르는 게 더 이상할 것이다.

"……."

"딱 하나의 질문만 더 받겠다. 그리고 오늘의 운명을 결정하자."

후우우우—

래지안의 전신에서 기가 일어났다.

이윽고 오행의 방위를 따라서 깃발 모양의 무형기가 맴돌기 시작했다. 정체를 알 수 없었지만 저게 래지안의 진짜 힘인 듯했다. 그때까지 가만히 지켜보고만 있던 무황령이 내게 충고했다.

"신중하게 말해라. 이대로는 이기기 힘들다."

"음……."

그 말에는 상당한 속뜻이 숨어 있었다.

최대한 질문으로 래지안의 이목을 끌어서 시간을 끌라는 말이기도 했고, 시간을 끌면 수가 생긴다는 뜻이기도 했다. 래지안도 천하에 다시없을 정도로 영민한 두뇌를 지닌 자라서 무황령의 말뜻을 알아챘는지 차갑게 웃었다. 나는 골똘히 생각하다가 말했다.

"당신은 검성을 왜 만나려고 하는 거요?"

"음……?"

래지안은 예상 못했던 질문인지 약간 눈썹을 꿈틀거렸다.

그리고 알아도 걸릴 수밖에 없는 유혹에 걸린 걸 알아챘는지 약간 씁쓸한 미소를 띄웠다. 내 질문이 그의 무인으로서의 뭔가를 자극한 모양이었다. 래지안은 손에 들고 있던 부채를 살짝 내리면서 말했다.

"난 별로 검성에게 가르침을 받고 싶진 않다."

"뭐라고? 그럼 어째서 신룡전에 수십 년씩 처박혀 있는 거요?"

강자가 아니면 멸시당해서 살아남기 힘들고, 강호로 되돌아가려고 해도 불가능한 게 신룡전의 연옥이라고 들었다.

심지어 강자들조차도 언젠가 검성을 만날 그날 때문에 절치부심하며 지옥 같은 수련을 거치므로, 인생이 괴로움이라고 할 수 있을 것이다. 그런데 검성의 가르침을 받기 싫은데도 신룡전에 남아 있다니?

아수라왕은 이미 알고 있는 모양이었는지 별다른 반응을 하지 않았다. 내 반문에 래지안이 천천히 말했다.

"예전에도 천룡대공을 꺾고 우승할 기회가 있었다. 하지만 나는 그에게 기회를 넘겨줘 버렸지. 목숨을 걸고 싸우면 충분히 이길 만했지만 그러지 않았다."

"그러니까, 왜 그랬냔 말이오?"

"나에게 있어서 강해진다는 건 부차적인 문제일 뿐 인생의 목표가 아니야. 신룡전의 강자로 군림하는 일상은 적당히 지낼 만했다. 그것뿐이다."

"……총관과 부총관은 당신들을 파리 취급 하는데도 말이오?"

래지안은 부채를 들어서 얼굴을 향해 팔락거렸다. 약간 졸린 표정이었다.

"그것도 별로 상관없다. 왜냐하면 귀찮으면, 죽으면 그만이거든."

"……?!"

나는 진짜로 래지안이라는 인간을 이해할 수 없게 되어

버렸다. 래지안은 더 입을 열지 않으려는지 조용히 부채를 들었다. 아수라왕은 힐난하는 눈빛으로 래지안을 쳐다보다가 내게 말했다.

"확실히 말해 주마. 중요한 건 재밌는가, 아닌가다. 그게 우리의 관념이다."

"명쾌하구려."

아수라왕이 자신만만하게 팔짱을 꼈다.

"그럼 시작해 볼……."

퍼억!

그것이 아수라왕의 마지막 유언이었다.

그는 찰나지간에 절대고수답게 엄청난 반응 속도를 보였다.

회천공이 축록경을 끌어 올려서 사상오행기로 공격하고, 망남이 뇌전의 기운으로 도끼를 휘두르고, 청법아가 알 수 없는 도가(道家)의 비전으로 습격해 왔는데도, 멸겁윤회를 발동해서 한차례 모두 막아 내고 말았다.

하지만 회천공의 손이 갑자기 차원(次元)을 뚫듯이 움직이고, 이윽고 심장을 손으로 관통하는 지경에 이르자 더 버틸 수가 없었다. 아무리 아수라왕이라지만 강기의 유형화를 자유자재로 이뤄 낸 고수들의 습격을 찰나지간에 모두 막아 낼 순 없는 것이다.

쿨룩!

아수라왕은 피를 토하며 뭔가를 말하려 했지만, 이어서 망남이 도끼를 휘둘러서 목을 베어 버리자 수급이 허공에 날았다. 이 순간에 벌어진 일은 너무나 가공할 일이라서, 나는 미처 무슨 일이 일어났는지 파악할 수가 없었다.

래지안은 땅에 떨어진 아수라왕의 목을 보더니 잔잔하게 말했다. 그는 왠지 어떤 일이 일어날지 예측하고 있었고, 전모도 파악하고 있는 듯했다.

"정해진 일이라지만 너희 손에 죽긴 싫군. 그럼 내 명은 여기서 끝인가."

퍼억!

래지안의 말이 끝나는 순간, 그는 자신의 천령개를 쳐서 자살해 버렸다.

입가에 한 줄기 흑혈을 흘리며 쓰러지는 래지안의 모습은 비현실적으로까지 느껴졌다. 내가 멍하니 공멸(共滅)의 장면을 보고 있자, 무황령이 배반자들을 향해 말했다.

"무슨 짓을 하는 거지?"

쿠구구구…….

무황령의 손에는 무상천마(無常天魔)의 마지막 초식이

맺혀 있었다. 그는 나와 래지안이 대화하는 동안에 기를 끌어모았고, 전력을 다해서 필살기를 펼칠 생각이었던 모양이다.

하지만 지금의 상황은 무황령도 예상하지 못했던 것이라 그는 당혹스러운 표정을 짓고 있었다.

그건 남룡제와 천마공도 다르지 않았다. 아수라왕과 래지안은 틀림없이 무황령과 동급이거나 그 이상의 강자(强者)들이었고 승산이 적었다. 그런데 갑작스러운 내분 때문에 모두 죽어 버리니 당황하지 않을 수 없는 것이다.

축록경을 익힌 형산파의 검객, 회천공은 천천히 좌중을 둘러보더니 말했다.

"신룡전 부총관의 명령으로 여기까지 왔으나, 우리는 더 이상 휘둘릴 생각이 없소. 이건 신룡전 총관의 뜻이기도 하오."

"무슨 뜻인가? 총관과 부총관의 의지가 다르다는 건가."

"그렇소."

남룡제의 질문에 회천공은 피 묻은 손을 들었다.

이윽고 기화(氣火)로 인해 피가 말라붙어 사라지고, 그는 검을 천천히 검집에 집어넣었다. 그의 눈빛에는 지치고 피곤한 기색이 역력했다.

"당신들도 알고 있을지 모르지만 이미 영왕수(永王獸)

는 부활해 버렸소. 이 상황에서 무의미하게 고수끼리 소모전을 해 봤자 생존 가능성이 낮아질 뿐이오. 그래서 우리는 총관의 명령을 받고 부총관의 수족을 잘라 버린 것뿐."

"영왕수라……."

직접적으로 연관이 있는 무황령과 천마공은 침음성을 흘렸다.

이야기를 듣고 있던 남룡제가 침착하게 말했다.

"회천공. 자네는 전에 황궁에서 나와 이야기한 적이 있었다. 그때는 황제 암살 후 자유를 추구하는 걸로 알고 있었지만, 이제 와서 총관의 명령을 다시 듣는단 말인가?"

"어리석은 질문이군. 영왕수는 대륙 모든 존재의 멸망(滅亡)을 뜻하오. 어차피 이래 죽으나, 저래 죽으나 같다면, 영왕수부터 처리하는 게 옳은 행동이오."

남룡제는 묘한 미소를 지었다.

"맞아. 알면서도 물어봤네. 다행히 자네는 구성천 전승자로서의 사명감이 더 강한가 보군."

"나는 신룡전에 들어가기 전부터 축록경을 익히고 있었소. 내 행동은 당연한 거라고 생각해 주시오."

다들 전투 태세를 푸는 기색이었다.

아무리 아수라왕이나 래지안에 비해서 한 단계 떨어진다고는 하지만, 눈앞의 세 명 또한 손꼽히는 강자들. 공연히 싸움을 걸 필요가 없었다.

회천공은 자신의 삿갓을 내리며 말했다.

"조만간 부총관도 정리될 것이오. 모든 것은 다음 신룡전의 우승에서 결판날 것이니 그때까지 실력을 갈고닦길 바라오."

"후…… 잘 가시게."

"그럼."

화르르륵!

태월하가 가볍게 허공에 도끼를 휘두른 것 같았는데, 다음 순간 아수라왕과 래지안의 시체는 흔적도 없이 타서 사라져 버렸다. 자연지기를 저토록 자연스럽게 다룰 수 있다면 지금의 나라도 이길 수 있을지 어떨지 모르겠다.

'무공의 비밀을 캐 가는 걸 방지하는군.'

파앗!

세 사람의 신형이 자리에서 사라지자 정적이 감돌았다. 나는 얼떨결에 아무것도 안 하고 상황이 정리되자 멋쩍은 생각이 들었다. 여기서 목숨을 걸고 싸우게 될 줄 알았는데 김이 새는 느낌마저 들었다.

남룡제가 나를 보고 훗 하고 웃었다.

"아무튼 고맙네. 저들 셋이라고 해도 힘의 균형이 너무 안 맞으면 습격할 기회가 나지 않았을 거야. 습격이 성공한 건 자네가 두 강자의 이목을 끌어 준 덕분이지.”

“별로 정당하게 이기진 않았지만요.”

“이건 정말로 싸게 먹힌 걸세. 아수라왕이 정면에서 모든 공력을 발휘하면 작은 산야(山野)가 폐허가 되어 버리는데 그런 공격은 막을 자신이 없어.”

남룡제의 얼굴에는 정말로 두려움이 맺혀 있었다.

하긴 전성기 때라면 몰라도 부상을 입고 나이 먹어서 약해진 상황이니, 아수라왕 같은 절세고수를 상대하기는 부담감이 클 것이다.

나는 남룡제에게 하고 싶은 말이 산더미 같았지만 일단은 무황령에게 말했다.

“바깥에 협유곡주와 마인들이 있습니다. 사상자는 적을 테니 일단 물러가도록 하겠습니다.”

“남룡제를 구하러 온 거겠지. 보았듯이 우리는 그를 해하지 않았다.”

“후의에 감사드립니다.”

나는 정중하게 인사를 하면서도 힐끔 남룡제를 쳐다보았다. 황궁 습격 직후에 붙잡혔으면 틀림없이 고문 받거나 갇혀 있었을 줄 아는데, 현재의 모습은 멀쩡하기 그지없었다. 남룡제가 내 의혹을 알아챘는지 멋쩍게 머리를 긁었다.

“잠시 따라오게. 모든 걸 설명해 줄 테니.”

*　　*　　*

그로부터 한 시진 후.

협유곡주와 일백 마인들은 모두 협유곡으로 되돌아갔고, 나는 남룡제와 함께 황실어전의 외딴 방에서 차를 마시기 시작했다. 현재 황제가 죽어서 후계가 정해지지 않은 상태라서 황궁은 의외로 한산한 느낌이었다.

"성장했군. 예전에 볼 때의 꼬맹이가 아니야."

"남자는 괄목상대죠."

나는 퉁명스럽게 말을 받았다. 규자차를 따라 마시던 남룡제가 입을 열었다.

"태오. 자네 생각대로 나는 그날 황궁을 침입하다가 천마공에게 일대일로 패해서 붙잡혔네. 나도 그때는 영락없이 죽는 줄 알았지."

"어떻게 된 겁니까?"

나는 정말로 남룡제가 어떻게 무사한지 알 수 없었다. 그는 전혀 고문받 은 흔적도 없었고 도리어 잘 대접받으며 지냈던 것이다. 낙양성주이자 검성의 핏줄과 배척하는 관계인 천마공이 남룡제를 놔둔 건 정말로 이상한 일이라고 할 수밖에 없었다.

남룡제가 말했다.

"깨어나 보니 나는 무황령과 대화를 할 수 있었다. 그는 알다시피 비공식적으로 강호무림의 최고수(最高手) 반열에 이르러 있고, 몸이 정상이 아닌 나로서는 이제 이기기 불가능에 가까워졌어. 그가 전면에 나섰다면 무림은 진작에 무황령의 손에 평정되었을 테지만, 무황령이 어디에 있었는지 짐작이 가는가?"

"……잘 모르겠습니다만."

"그는 오행기관의 중심부에서 용맥(龍脈)의 힘을 끌어 올리며 수련을 하고 있었네. 오행기관은 선천오행의 힘을 제어할 수 있는지라 천지 간 기의 혈맥이라고 할 수 있는 용맥을 가장 쉽게 끌어낼 수 있지."

"그 말은, 용맥을 통해서 중원대륙의 기(氣) 그 자체를 받아들이고 있었단 말입니까?"

"그렇지. 무상천마를 극한으로 익혀서 반쯤 극마지체(極魔之體)를 이룬 무황령만이 할 수 있는 수련법이었다."

나는 아까 보았던 회색 머리칼의 청년, 무황령이 정말 대단한 존재라는 걸 깨닫고 침음성을 흘렸다.

용맥을 끌어내서 힘을 축적한다는 건 그리 간단한 일이 아니다.

보통 사람은 평생 가도 단전에 쌓기도 벅찬 대자연의 기를 송두리째 들어서 온몸에 흡수시키는 것이다. 대자연의 기를 의지대로 소통시킬 수 있다면 한 번에 수천 개의 이기어검을 만들어 내는 것도 가능했다.

남룡제가 차를 홀짝거렸다.

"솔직히 말하자면 낭비처럼 느껴졌지. 원래도 무황령은 강하기 짝이 없는 존재라서 그렇게 목숨을 내놓는 수련을 할 필요가 없었어. 무엇을 위해서 그렇게 수련하는지 물었다네."

"뭐라고 대답했습니까?"

"그는 신룡전의 마인들에게서 황도를 지키고 싶다더군."

"……!!"

"그리고 내게 천하무림을 위해서 힘을 빌려 달라고 했어. 나는 그의 말대로 상처를 요양하면서 황도에 있었을 뿐이야."

전혀 예상 밖의 대답에 머리에 한 방 맞은 느낌이 들었다. 내가 멍하게 찻잔을 들고 있자 그럴 줄 알았다는 듯 남룡제가 훗 하고 웃었다.

"자네도 오늘 신룡전의 마인들의 힘을 직접 봐서 알 거야. 무황령은 예전부터 이날이 찾아올 거라는 사실을 예상하고 있었던 거지. 싱겁게 끝나긴 했지만, 무황령이 극마지경으로 자신의 힘을 키운 덕분에 버티는 게 가능했다네. 황도를 구원한 영웅은 무황령이라고 봐도 무방해."

아까 봤던 힘의 축적은 대지의 용맥을 응축한 필살기였던 것이다. 모르긴 해도 내가 여태껏 보아 왔던 어떤 절학과도 비교를 불허하는 위력이었으리라.

"……."

"납득이 안 가는 얼굴이군. 나도 처음엔 그랬네."

나는 머리를 긁적이며 말했다.

"말이 안 되지 않습니까?"

"뭐가 말인가?"

"무황령은 원래 마교의 교주가 될 인물이고, 천마공은 소교주였을 겁니다. 그들이 익힌 무공 또한 천하마공의 정점에 있는 무상천마인데? 아무런 흑심 없이 황궁을 지킨다는 말을 믿으셨습니까."

"많은 걸 알고 있군. 하긴 자네가 영왕수의 분리체란 걸 천마공에게 들었으니 납득은 하겠네."

"……천마공이 그걸 알고 있었단 말입니까."

원래라면 흉신악살이나 탈혼경에 근접했던 인물만이 알고 있는 영왕수, 그리고 영왕수의 비밀. 그게 천마공을 통해서 남룡제에게 전해진 것이다. 생각보다 비밀이 빨리 퍼진다는 느낌에 내가 인상을 찌푸리자 남룡제가 말했다.

"얼마 전에 안 사실이네. 구성천의 전승자 중에서 육합천괘의 전승자, 갑운애루주가 천기를 읽어 내서 그 사실을 구성천 전승자들에게 전달했다더군. 자네의 소식은 생각 외로 많은 자들이 알고 있어."

"그렇군요."

"아무튼, 자네의 질문에 대답하자면…… 그건 편견일 뿐일세."

"편견요?"

"그래. 역사가 원래대로 흘러갔다면 무황령이나 천마공은 천하마도의 우두머리가 되어서 사악한 세력을 이끌었겠지만, 과연 지금의 황궁 무력 조직을 악(惡)이라고 할 수 있나? 무황령과 천마공은 근 이십여 년 동안 황도의 치안을 유지하고 황제를 수호하는 데 인생을 바쳤어. 그들의 진심을 의심할 필요는 없어."

남룡제의 말은 이치에 맞았다. 확실히 그들은 자신이 있는 단체에서 최선을 다했을 뿐이었다. 그들 본인은 마교의 교주가 되어야 한다느니 하는 의식도 없었을지도 모른다. 하지만 이대로 인정하기는 싫어서 반박했다.

"그러나 황제는 죽었습니다. 천마공과 십대고수가 막았는데도 결국 죽고, 화영 공주가 목숨만 건져서 도망쳤어요. 그들은 결국 의무를 다하지 않은 게 아닙니까?"

"그게 아닐세. 황제의 죽음은 무황령의 의지였어."

"무슨……!"

남룡제가 팔짱을 꼈다.

"황제는 부총관의 영향력 아래 있었지. 부총관은 더 이상 검성과의 연결고리가 많아지는 걸 원하지 않았는지, 황제에게 압력을 가해서 '검성전의 폐지' 를 요청했네. 황제는 그 제안을 받아들이려 했고, 무황령이 신룡전을 급히 움직여서 암살까지 이끌어 낸 거야."

"복잡하군요."

나는 머리를 굴릴수록 일이 복잡해지는 걸 깨닫고 한숨을 쉬었다. 그리고 느낀 점을 고스란히 말했다.

"무황령에게 있어서 검성전은 황제보다 중요한 것이었군요."

"그렇지. 자네 말대로 무황령이 패권만을 노리는 존재였다면 결코 황제를 죽게 내버려 두지 않아. 황권 다툼이 시작되고 각지의 황족들이 병사를 모아서 발호한다면, 기껏 수십 년간 무황령이 황궁에 모아 둔 영향력이 한순간에 사라질 수도 있어. 다음대의 황제는 호위에 실패한 무황령을 결코 가만히 놔두지 않을 거야."

"……어째서 그는 무리수를 두면서까지 검성전의 폐지를 막으려 한 겁니까?"

나는 점차 마음이 기우는 걸 느꼈지만 의혹어린 점은 다

풀고 싶었다.

영왕수와 검성전이라는 큰 무대를 앞둔 시점에서 껄끄러운 점을 다 해결하고 싶다.

"검성전에서 신룡전 우승까지 해내면 내 할아버지, 검성을 만나서 하루 동안 가르침을 받는다는 건 이미 알고 있을 걸세. 무황령은 검성전이 폐지되면, 검성이 더 이상 영왕수를 막아주 지 않을 거라고 생각한 거야."

"네? 그럴 리가……."

"충분히 가능한 일이야. 그분은 이미 속세에 거의 관심이 없는 분. 대륙의 수백 수천만 생명이 죽는 걸 내버려 둘 수가 없어서 영왕수를 물리쳤을 뿐, 관심이 없어지면 언제든 다른 곳으로 떠날 수 있어. 무황령은 구성천의 전승자로서 그 사실을 알고 있었기에 검성전을 통해서 검성과의 연결고리를 남겨 두려 한 거지."

"……."

"아무튼 일은 일단락 났네. 우리는 이제 검성전에 모든 걸 걸어야 해."

"우승할 사람이 우승하겠죠. 거기에 그렇게 마음 쓸 필요가 있습니까?"

"그게 아냐. 거기에 영왕수가 출전하기 때문이야."

남룡제의 말에 나는 아차 하는 기분이 들었다.

'그렇구나. 안 될 이유가 없어.'

영왕수는 이미 어린아이의 몸으로 환생(還生)해 있다. 육년 후면 검성전이 시작되니, 아마 소년(少年)이나 소녀(少女)의 나이대라면 충분히 참여가 가능할 것이다.

영왕수의 지식을 일부 갖고 있는 나로서는, 이삼 년만 있어도 영왕수가 무황령을 이길 정도의 힘을 갖추는 게 가능하다는 사실을 알고 있다.

하지만 나는 회의적인 기색으로 말했다.

"이번 검성전에 영왕수가 출전해서 우승한다고 한들, 무슨 의미가 있습니까? 검성은 다시 영왕수를 만나면 그 자리에서 죽일 겁니다. 영왕수가 바보도 아닌데 그걸 모를 리가 있겠습니까."

남룡제가 고개를 저었다.

"그렇지 않아. 할아버님…… 검성은 영왕수가 정당한 절차를 밟아서 우승한다면 결코 손대지 않을 것이다. 나는 검성이 그런 분이란 걸 잘 알고 있어."

"그건……."

"이건 무황령과 내가 토론해서 낸 결론이다. 검성은 설령 영왕수가 우승하더라도 최선을 다해서 하루 동안 무공을 전수할 것이다. 영왕수는 그 사실을 빤히 알고 있으면서도 빠르게 강해지려고 검성전에서 우승하려고 하겠지. 검성의 가르침을 받으면 영왕수는 전대미문(前代未聞)의 강력함을 손에 넣을 테니까."

"……."

당초에 나는 검성전에서 우승하는 일을 느긋하게 생각한 게 사실이다. 왜냐하면 이번 검성전에서 우승 못하더라도 실력을 다시 쌓아서 이십 년 후에 우승하면 되기 때문이었다. 하지만 말을 듣고 보니 이건 보통 문제가 아니었다.

반드시 이번 검성전에서는 영왕수 이외의 사람이 우승을 해야 한다! 영왕수가 우승하는 날, 이 세상 누구도 그 존재를 막지 못한다.

내가 깊이 생각에 빠져 있는 동안에 남룡제가 계속해서 말했다.

"다행인지 불행인지 신룡전 연옥의 삼강이 모두 죽었다. 남은 신룡전의 강자들도 만만하지는 않겠지만 어쨌든 감당할 수 있겠지. 불행 중 다행이다."

"무황령이 우승할 수 없을지도 모릅니다."

"뭐…… 영왕수가 그만큼 힘을 키웠다면 어쩔 수 없지……."

"아뇨. 신룡전에는 아직 괴물이 있다는 말입니다. 무황령도 못 이길지도 모르는."

"음……?"

나는 더 말을 잇지 않았다.

유극문주 사호!

그녀는 이미 연옥의 삼대강자인 자환을 쓰러뜨렸다.

래지안의 말투로 봐서는 상당히 압도적인 대결이었던 것 같다. 그렇다면 사호는 이미 남룡제나 천마공보다 강하고, 무황령 수준에 이르러있는지도 모른다. 그녀가 육 년 후에는 얼마나 강해져 있을지는 상상도 가지 않았다.

나는 피가 나도록 입술을 깨물다가 말했다.

"남룡제. 저는 사실 요 칠 주야간 재능의 한계를 느꼈습니다."

"무슨 말인가?"

"칠 주야간 당신을 구하려고 맹훈련을 하고 수련을 했습니다. 그동안에 육합귀진술로 쌓인 경험과 지식이 통합되고, 급격히 강해졌죠. 두세 배 이상 성장했으니 최고의 성장률이었죠. 하지만 벌써 벽에 막혀 버렸습니다."

남룡제가 심드렁하게 말했다.

"사람은 누구나 벽에 막히는 법일세."

"그게 아닙니다. 저는 수천 수만 년이나 수련한 영왕수의 기억이 있어서 알고 있습니다. 재능의 한계라는 게 사람에게는 존재하고, 그걸 깨기 위해서는 한계를 뛰어넘는 혹독한 수련이 필요하다는걸. 하지만 고작해야 육 년 동안에는 그만큼의 수련을 할 수가 없습니다."

"……음, 그렇겠군."

내 말은 사실이다. 최근에 급격하게 무공이 상승했지만 그와 동시에 한계를 느꼈다. 아마도 영왕수와 따로 존재하는 '태오'가 지니고 있던 평범한 재능의 한계일 것이다.

엄청난 수련을 거친다면 아마 30년 이내에 벽을 깨부술 수 있겠지만, 당장 검성전이 육 년 후라면 꿈같은 소리였다.

"그래서 부탁을 하고 싶습니다. 지금부터 육 년간, 저 혼자서 수련을 할 만한 공간을 마련해 주십시오. 한 가지 방법을 쓴다면 영왕수를 뛰어넘을 수 있을지도 모릅니다."

"뭐? 방금 자네 입으로 한계를 돌파하는 게 불가능하다고 하지 않았나?"

나는 결연한 눈빛으로 말했다.

"인간일 때는 그렇습니다. 하지만 인간을 포기한다면…… 가능합니다."

"……."

남룡제는 침묵했다. 그는 한참 동안 나를 정면으로 응시하더니 내 손가락으로 시선을 옮겼다. 그가 내게 전해 줬던 검성지륜이 반짝이고 있었다. 그는 기특하다는 듯 중얼거렸다.

"자네는 그 엄청난 간난신고(艱難辛苦)를 겪으면서도 이 반지를 지켜 냈군…… 자네는 영왕수의 도움 없이도 뛰어난 무림의 인재가 되었을지도 몰라."

"다 지나간 일입니다."

"이미 모든 일은 내 힘으로 감당할 수 있는 범주를 벗어났네. 이제 전성기를 지난 내 역량으로는 검성전의 우승을 노릴 수가 없어. 자네의 마음에 협(俠)이 있으니 내 자네를 믿고 최선을 다하겠네."

"……감사합니다."

"어떤 방법을 쓸지는 묻지 않겠네. 자네는 이미 자네의 운명을 스스로 결정할 만큼 성장했으니까……."

덜컹

남룡제는 자리에서 일어났다. 그리고는 옷 매무새를 가다듬으며 말했다.

"천마공에게 이야기하면 아마 내일이나 모레 중으로는 장소를 마련할 수 있을 걸세. 황궁의 지하어전, 오행기관의 곁에는 비어 있는 밀실(密室)이 많다고 들었어. 수련하기엔 충분할 걸세."

"딱 좋겠군요. 옆에 무황령도 있으니 자극이 되겠군요."

"자네와 무황령이 수련을 하는 동안, 나와 천마공은 강호의 치안과 황위 계승을 해결할 걸세. 아마 쉽지 않은 일이겠지."

"……."

쉽지 않은 일이 분명했다.

황제가 죽은 후 천마공이 동창과 금의위를 장악해서 큰 혼란을 피하고 있지만, 그것도 한계가 있었다. 곧 각지의 군벌들과 자칭 왕이 출현하면서 천하에 대란이 일어날 것이다. 천마령과 남룡제가 초인적인 절세고수라고 해도 그 모든 혼란을 잠재우는 건 어려운 일이다.

남룡제가 한마디를 남기며 저편으로 사라졌다.

"검성전이 시작되기 전날, 내가 직접 가서 자네를 부르겠네."

*　　*　　*

천마공이 마련해 준 지하 밀실은 매우 넓었다. 얼추 저택 여덟 개를 합쳐 놓은 것 이상이었고, 어떻게 인간이 이렇게 거대한 지하 밀실을 건축할 수 있는지 믿겨지지 않을 정도였다.

천마공은 나를 밀실 앞으로 안내해 주면서 말했다.

"태오 공, 식량은 앞쪽의 방에 하루 두 번 갖다 두도록 하겠소. 하수 시설과 편의 시설은 갖춰져 있으니 좋으실 대로 수련하시면 되오."

"고맙소."

"이걸로 예전에 내 손으로 그대를 죽였던 빚은 잊어 주시길."

"물론."

천마공은 애매모호한 미소를 띄더니 호위병 서너 명과 함께 통로 저편으로 사라졌다. 나는 이제부터 수련이 시작된 걸 깨닫고 거대한 밀실 한가운데에 섰다.

"좋아…… 그럼……."

나는 흥분과 두려움을 억지로 감추며 중얼거렸다.

"인간을 포기할까?"

우우우우

육합귀진술(六合歸眞術).

그건 원래 영왕수가 천지를 혼란시키고 정보를 얻어 내기 위해서 만들어 낸 주술이다. 당연한 말이지만 영왕수는 조용히 힘을 키우는 게 더욱 좋았으므로, 나처럼 수련용으로 쓸 일은 없다고 봐도 좋았다. 하지만 나는 거기서 착안해서, 육합귀진술을 더더욱 발전시키기로 마음먹었다.

육합귀진술로 원래 만들어지는 진영분신(眞影分身)은 서른여섯 개이다. 기억이 없는 상태로 흩어진 이유는 정체성의 상실을 막기 위해서였을 것이다. 하지만 나는 일부러 기억을 없애지 않은 채, 이 거대한 밀실에 흩어 놓을 생각이다.

즉, 똑같은 '태오'가 여러 명 모여서 같은 무공을 연마한다는 것이다.

하지만 단순히 서른여섯 명이라면 수련치가 부족하다. 서른여섯 배나 되는 경험치를 얻는다고 하더라도 연차로 따지면 이백여 년에 불과하다. 이백 년간 수련하면 강해지긴 할 테지만 역시 검성전에 출전하는 괴물 같은 인물들을 모조리 꺾는다는 보장은 없다.

게다가 밀폐된 곳에서 반복 수련을 한다면 실전 경험에 비해서 얻는 이득이 적다는 점도 감안하면, 약 백여 년의 수련 성과밖에 없을 것이다.

"더 늘려야 해."

서른여섯 명으로는 부족하다. 그 이상이 필요하다.

나는 눈을 빛내며 모든 힘을 모아서 육합귀진술의 방위에 집중시켰다.

여태까지 내가 모아 왔던 지식과 경험을 동원해서 육합귀진술의 힘을 극대화할 수 있는 방법을 생각해 보았다. 그러던 중에, 나는 육합(六合)의 괘(卦)가 흐드러지며 음(陰)과 양(陽)으로 나뉘게 된다는 사실을 발견하게 되었다.

'이건……?'

수련 나흘째에 나는 육합귀진술의 개량법을 찾았다.

그것은 기존의 육합귀진술보다 더 엄청난, 상상할 수도 없는 효과를 불러올 수 있었다. 하지만 잘못하면 술법이 실패해서 죽는 것만 못한 꼴을 당할지도 몰랐다. 나는 신중하게 방위를 연구하면서 확실하게 술법이 펼쳐지는 상황을 만들어 내려 했다.

태어나서 이렇게 개같이 수련해 본 적은 그다지 없었다. 나는 매일같이 육합귀진술이 안정적으로 펼쳐지는 상황을 만들기 위해서 술법을 개량하고 또 개량했다. 잠도 제대로 못 자고 미친 듯이 술법 하나만을 연구하기 시작했다.

성과가 나타난 것은 약 오십 일이 지난 후였다. 나는 그제야 새로운 육합귀진술의 완성형을 만들어 내었다는 걸 깨달았다. 나는 한쪽 손에 육합의 방위를 적어 놓은 먹물을 지우며 중얼거렸다.

"이제…… 간다……. 개(改) 육합귀진술!"

스스스스.

전신에서 무지개빛 휘광이 흘렀다.

예전 같았으면 여기에서 바로 진영분신이 분리되기 시작했겠지만, 지금은 다르다. 서서히 몸의 빛이 잦아들더니 머리 위에 새하얀 고리가 떠올랐다. 원영(元靈)이 몸 안에 새겨지면서 술법의 위력을 증폭시키고 있기 때문이었다.

육합귀진술을 음양으로 중복시키는 술법, 그 효과는 간단하다.

"하압!"

파앗!

잠시 후, 개량형 육합귀진술은 시전이 끝났다. 나는 곧 눈을 떴고, 천지사방에 '태오'가 가득한 것을 발견했다. 나는 허탈하게 웃으며 중얼거렸다.

"하…… 하하…… 됐어…… 됐다구……."

총합 천이백구십육 명. 어림잡아서 천삼백여 명의 '나'가 이 자리에 존재한다. 다들 느낌은 마찬가지인지 애매모호한 미소를 입가에 띄우고 있었다.

'내가 진짜인지 아닌지 모르겠어. 뭐, 상관없나?'

이 중에 한 명, 진짜 태오가 있을 것이다. 그건 나일 수도 있고 아닐 수도 있다. 확실한 것은 이 자리에는 천여 명 이상의 태오가 존재한다는 것이다. 생각 외로 정체성의 혼란 같은 건 느껴지지 않았다.

그건 이미 육합귀진술을 겪으면서 무수한 시행착오를 겪었고, 죽음의 경험도 적지 않았기 때문이리라. 사방에 가득 들어차 있던 '태오' 중에서 한 명이 크게 외쳤다.

"여긴 너무 좁아! 천삼백 명이 무공수련하기엔 너무 좁다고!"

"진정해! 그건 이미 알고 있었잖아. 이제부터 공간을 넓히는 무량(無量)의 술법으로 각자의 공간을 마련해."

침착한 '태오'가 모두를 설득했다.

"그래. 그러면 각자의 아공간에서 수련하게 되겠지."

"에이, 제기랄! 초조하다구. 난 이렇게는 견딜 수가 없어."

모두의 이목이 한쪽으로 쏠렸다. 한 명의 '태오'가 수인(手印)을 맺고 있었다. 그 수인은 너무 익숙해서 모를 수가 없는 수인이었다. 다들 다음 순간에 일어날 일을 예상하자 비명을 내질렀다.

"안 돼애애애!!"

"흐억!!"

"미친 놈아 또 쓰면 어떡해!"

다들 그 행동을 막으려고 달려들었지만 헛수고였다.

"……."

"……."

더 많아졌다.

아니 더 많아진 정도가 아니다. 아예 꽉꽉 매워서 밀실이 터져 나가고, 나아가서는 오행기관에까지 태오가 있고, 지상에도 태오가 올라가 있는 수준이 되어 버리고 말았다. '태오' 중 한 명이 그 자리에 풀썩 주저앉았다.

"마…… 망했다…… 이거 어떡하지……."

사만 육천육백오십육 명.

황도 전체 인구의 절반이나 되는 '태오'가 천지사방에 흘러넘치는 결과가 만들어진 것이다.

'태오' 전원은 본능적으로 이대로라면 망한다는 사실을 깨닫고 한 명도 빠짐없이 재빨리 무량 공간의 술법을 펼쳐서 아공간을 만들어 냈다.

파앗!

이윽고 사만 육천여 명의 태오가 만들어 낸 무량 공간이 모두 이어져서 거대한 공간을 만들어 냈다. 아무것도 없는 무(無)의 공간에 '태오'들이 멀뚱하게 서 있는 광경은 차라리 괴이하기까지 했다. 나는 처음부터 끝까지 이 과정을 쳐다보다가 옆에 서 있는 '나'를 보며 멍하니 중얼거렸다.

"어이. 그러면 이제 사만 육천육백오십육 명이 다 같이 오 년 동안 수련하는 거냐?"

너무 엽기적이었다. 나는 할 말을 잊고 있었는데 개중에는 태연하게 받아넘기는 종자들도 있었다.

"뭐 그렇게 되겠네."

"공간을 나눠야 할 필요가 있겠냐?"

"하루 간격으로 기억이 통합되게끔 설정했잖아. 그냥 자기 공간에서 알아서 수련하면 돼."

"거지같네, 젠장."

'태오' 들은 모두 툴툴거리면서도 하나둘씩 개인의 공간으로 되돌아 갔다.

나도 멍하니 통합 공간에 서 있다가, 수많은 태오들이 썰물처럼 사라지는 걸 관찰했다. 마지막까지 남은 '태오' 는 허무의 공간에서 나를 바라보다가 짜증을 냈다.

"한 번 겪은 게 아니었다면 아마 오늘 모였던 사만 육천여 명 전부 서로 죽고 죽이기 시작했을걸? 이런 지옥을 만들어 내다니 제정신이 아냐."

"자아정체성이란 건 어차피 '마음' 과 관계 없잖아."

"그렇긴 하지. 그럼 계속해서 지옥으로 달려가 보자, 나님."

파앗

아무것도 없는 공간에 혼자 남았다.

이제부터 수만 명의 태오가 하루를 주기로 기억을 통합시키며, 오 년 동안 수련하는 것이다. 나는 왠지 우울해져서 머리를 긁으며 한숨을 쉬고 말았다.

"하하…… 모르겠군. 오늘을 넘길 수 있을까?"

다다익선이긴 하지만 처음부터 너무 많은 숫자를 설정하지 않은 데에는 이유가 있다. 기억이 통합되는 순간, 그 어마어마한 정보량을 처리할 수 있는지가 문제였다. 사실 천

명 단위도 너무 많아서 가슴이 조마조마했는데, 그 사십여 배인 사만 육천 명에 이르자 머리가 아파 왔다.

'잘못하면 오늘이 끝나자마자 다들 일제히 미쳐 버릴지도 몰라.'

과연 오늘을 넘기는 게 가능할까? 아니, 오늘을 넘기더라도? 보통 인간의 사만 육천 배에 달하는 기억 용량을 통합 분석해서 미치지 않은 채로 멀쩡히 수련을 하는 게 가능한 걸까? 오만가지 생각이 들었지만 머리를 흔들었다.

"인간이길 포기하기로 했잖아. 이건 싼 댓가라고."

사실 극단적인 선택을 할 수밖에 없었다.

영왕수의 힘을 등에 업고 날뛸 때는, 내가 천인일재나 만인일귀조차도 뛰어넘는 어마어마한 괴물이라고 생각했다.

하지만 얼마 전에 내 순수한 재능의 한계를 느끼는 순간, 나는 깨달아 버리고 만 것이다.

나는 천인일재도 만인일귀도 아니다.

평범한 사람이다.

* * *

"...... 어, 어라......"

나는 누구지?

여긴 어디?

뭐가 뭔지 모르겠다. 나, 아직도 꿈을 꾸고 있는 걸까?

아, 좋아. 고양이 좋아.

*　　　*　　　*

“……”

나는 참혹한 표정으로 눈을 떴다.

“아, 내가 미쳐 있었구나.”

미쳐 버린 기간은 약 이십 일. 그 시간 동안 모두가 사만 육천 배에 이르는 엄청난 기억량의 폭주를 이기지 못하고 미친 채로 사경을 헤매고 있었다.

미쳐서 아무런 생각도 안 하는 동안에는 기억이 쌓이지 않으니, 간신히 정신력을 회복시켜서 광기에서 벗어난 것이다.

나는 가슴을 쓸어내리며 생각했다.

‘아마 미쳐서 죽지 않고 버텨 낼 수 있었던 이유는 모두의 정신이 통합되어 있는 동안에 정신회복력이 극도로 상승했기 때문이겠지. 이제부터는 갈수록 미치는 빈도가 줄어들 거야.’

죽음의 고비를 한 단계 넘겼다. 나는 천천히 몸을 움직이며 무공을 수련하기 시작했다. 그러고 보니 첫날에 어떤 수련을 했는지도 기억이 안 난다. 별거 아니었을 텐데도, 수만 배나 되어 버리면 인간의 힘으로는 감당이 안 되는 모양이다.

"열심히 하자."

* * *

미역국 먹고 싶다. 배고파.

엄마 어딨어요?

으하하하, 오줌 발사!

* * *

"……."

나는 지끈거리는 머리를 붙잡았다. 관자놀이를 후벼 파고 싶은 고통이 찾아왔다. 한참 후에야 두통이 잦아들자, 나는 한숨을 쉬었다.

"또 미쳤잖아…… 이번에는 열흘 동안인가……."

미쳐 있는 동안의 기억은 놀랍게도 불행하지 않았다. 이렇게 맨 정신으로 고뇌하고 생각하는 순간보다 훨씬 행복하고 기분 좋았다. 마냥 그 쾌락에 빠져서 생각 없이 살아가고 싶을 정도였다. 인생이 괴로움이라는 걸, 이보다 절절하게 느끼기도 힘들 것이다.

'그냥 미친 채로 살아 버릴까?'

미쳐 버리면 이렇게 괴로울 필요도 없다. 나는 진지하게 고민해 봤지만 이내 고개를 저었다.

여기서 포기해 버리면 더 이상 '태오'로는 살아갈 수 없다. 정신은 행복해지겠지만, 결국 나는 아무것도 이루지 못한 채로 끝나 버리는 것이다.

그리고…… 나는 검성을 만나야 한다.

하고 싶은 질문이 있다.

* * *

더 이상 미치지 않게 되었을 때는 약 일 년이 지나 있었다.

이제 광증(狂症)이 사라지자, 매일같이 머리에 부하가 걸리며 일정 수준의 두통이 다가왔다. 하지만 두통도 갈수록 사라지는 걸 보면 몸이 기억량에 적응하고 있는 듯했다. 나는 이제야 제대로 된 수련을 할 수 있겠다고 생각하며 주먹을 앞으로 뻗었다.

"하나씩 해 나가는 거야."

지금까지 내가 재능의 한계를 느꼈던 이유는 간단하다. 내가 도달한 건 '경험'이 없으면 결코 얻지 못하는 지점이었다.

그걸 넘어서기 위해서는 한계 이상의 수련치가 필요했고, 그 단순무식한 길을 통과하기 위해서 노력을 하고 있을 뿐이다.

나는 무공의 모든 영역을 하나씩 다뤄 보기로 했다. 모든 '태오'가 생각하는 게 같을 리는 없으니, 아무거나 내가 하고 싶은 걸 골라서 해 보면 결국 하루 후에는 기억이 통합되어서 모두의 수련치가 높아질 것이다.

제대로 수련을 시작한 지 사흘째. 나는 머리의 두통이 점차 해갈되는 걸 느꼈다.

나는 멍하니 서 있는 채로 비어 있는 공허를 쳐다보았다.

'벌써 단순 수련치로는 사백여 년에 가까워져 간다…… 하지만 별로 나아진 건 없어.'

눈앞이 캄캄해진다.

사만 육천여 명이 동시에 이것저것 시도하면서 수련하고 있는데, 아무것도 나아지는 게 없다. 워낙 수련한 길이가 단편적이기도 하지만, 그만큼 내가 맞닥뜨린 벽이 거대하다는 뜻이기도 하다.

별 수 없이 나는 오늘도 삽질을 하면서 조금이라도 강해질 수 있는 방법을 연구하기 시작했다.

*　　*　　*

갑자, 검기, 검강, 검환, 내공, 외공, 동귀어진, 동자공, 마공, 무형검, 삼류무공, 삼매진화, 선천진기, 심검, 심마, 심즉살, 어검술, 운기조식, 이화접목, 잡기, 전음입밀, 주화입마, 채음보양, 채양보음, 호신강기, 허공섭물, 금강불괴, 만독불침, 만류귀종, 반로환동, 반박귀진,반선지경, 신검합일, 우화등선, 환골탈태, 비급, 영물…….

무협(武俠), 무림이라고 불리는 모든 것에서 등장하는 용어와 내용, 생각, 기술, 수련, 경험, 지식이 만다라의 형태로 섞여서 머리를 어지럽힌다. 나는 쉴 새 없이 토를 하면서도 다시 재차 검을 잡았다.

나는 이제 무엇을 위해서 수련을 하는 걸까?

[……순(巡)에 의해 파괴된 세계를 모두 정화한 상태에서, 시공의 수복력은 예전과 비교가 되지 않는다. 단순한 영겁(永劫)으로는 더 이상 가(假) 원영신(元靈身)에도 도달

하는 게 불가능.

원영신이란 일천세맥(一千細脈)을 모두 타통(打通)하여 전신의 신기(神氣)가 극도로 영성(靈性)을 띠게 됨에 따라 갑자기 작게 응축되어 마치 투명한 영물과도 같은 원영(元嬰)을 만들게 되는데, 그 광신(光神)에 의해 홀연히 일천세맥을 융통하는 걸 주요골자로 한다.

좌선명상(坐禪冥想)에 의해.

이어 선정(禪定)에서 생하는 즐거움을 맛보는 제이선(第二禪)으로, 나아가서 그 평안한 마음에 머무르는 제삼선(第三禪)에 들어가고, 즐거움도 괴로움도 기쁨도 근심도 사라지고 괴로움과 즐거움이 끊어진 제사선(第四禪)에 이르게 된다.

그 또한 사겁(四劫)의 완성이다.

이로써 완성되는 게 육합귀진신공의 진정한 완성, 원영신으로 육신의 제약을 벗어나는 것이다.]

지금의 나로서는 상상조차 할 수 없는 어마어마한 경험치, 그리고 수백, 수천만, 수억 이상의 시행 착오를 반복하면서 쌓아 올린 무학 이론.

나는 그 광대함에 압도되어서 머릿속으로 기억만을 받아들였다.

이것은 영왕수가 역사를 뒤흔들면서 쌓아 온 경험과 지식의 편린.

…….

그렇구나. 영왕수와 탈혼경은 '처음'이 아니었구나.

영왕수 이전에도……. 몇 번이고 천년검로를 향하는 삶을 반복했던 거구나.

[그러나 일억의 일억승(一億乘) 이상을 반복하면서 원영신에 도달한 건 고작해야 일백여 번에 지나지 않았다. 팔만사천(八萬四千)을 귀합 하려는 시도는 그 이상이었으나 성공 사례는 혼돈의 말대로 무량대수(無量大數) 중에 단 한 번도 존재하지 않았다.

그에 따라서 윤회의 원점에 한 차례 도달했던 '유천영'이라는 의지는 무혼(武魂)을 만들어 전승하는 시도를 시작했다. 그로써 다시금 아승기(阿僧祇)를 약간 넘는 반복 시도 끝에 무혼의 기초골격이 만들어졌다.]

반복(反復)하고.

순환(順還)하고.

재귀(再歸)하고.

연속(連屬)하고.

활혈(活血)하고.

유전(流轉)하고.

구경즉(究竟卽)하고.

윤전(輪轉)하고.

……유전윤회(流轉輪廻)할지라도, 끊어 버리면 그만이다.

*　　*　　*

나는 어느 순간부터 생각하는 걸 이따금씩 잊어 버리기 시작했다.

……30년? ……50년?

……아니, 뭐였더라? 기억이 안 나…….

머리가 멍하다.

아마도 무공을 처음부터 끝까지 머릿속으로 다시 한 번 떠올리는 과정을, 몇 년 동안 반복하면서 미쳐 가고 있다. 아무 생각없이 의념으로 몸을 움직이려 할 때는 몰랐지만 희망 없이 시간만 지나가자 점차 잡념이 스멀스멀 기어 올라온다.

뱀처럼, 가닥 없는 지혜가 뇌를 칭칭 감고 있다.

*　　*　　*

극의(極意)는 처음부터 끝까지 단 하나. 그 호흡만 익힌다면, 아니, 그 '공간'에 들어갈 수 있다면 기술은 딱 하나만 있어도 된다. 하지만 모든 '흐름'을 알고 있다는 가정이 빗나가면 도리어 이쪽은 무방비 상태가 된다. 삼류(三流)의 칼 든 장정만도 못하게 된다. 익히고 있던 모든 초식과 무공, 움직임은 뜻 없이 엉터리가 되어서 벌건 맨살을 세상에 내놓게 된다.

수억, 수천조, 셀 수도 없는 무시무시한 세계의 흐름 속에서 모든 걸 읽어 내는 경지.

'필살의 각오'가 수천만 번 새겨지면서 만들어진 것이나 다름없는 것이다.

이게 바로 천의무봉(天衣無縫)의 유일한 깨달음이자 모든 것이다.

……

비전의 안법, 영락(靈洛)을 통해 어느새인가, 알 수 있었다.

천의무봉과 동급에 있는 경지들은 재능만으로는 천 년이 지나도 얻을 수가 없다. 이 세상에 재능 있는 자는 넘치도록 많고, 천재도 드물 뿐이다. 천재를 초월한 천재는 희귀하지만 어쨌든 많이 있다.

하늘이 공평한 이유이기도 하다. 생각해 보자. 최강(最强)과 최고(最高)는 어떻게 다른가?

어설프게 무술을 아는 자들은 무예의 숙련도 차이라고들 부른다.

하지만 몇 십 번이고 절대고수들을 상대해 온 나는 그렇지 않다는걸 알고 있다. 무예를 수련해 온 시간이 어떻든 간에 강하다는 자체로 예술적인 경지에 올라 있는 경우도 있다.

수련해 온 시간에만 자부심을 느끼는 건 도전할 용기가 없는 범부(凡夫)에 불과하다.

즉…… '하늘'은 재능과 상관없이 공평하게 인간을 시험한다. 아무리 천재라고 해도 운명이 따라 주지 않으면 죽을 뿐이고, 아무리 평범해도 그럴 만하면 넘어서게 되어 있다.

나는 그제야 세상에 존재하는 재능의 도식이 어떤 모양을 하고 있는지를 대충 알게 된 것만 같았다.

세상은 틀림없이 불공평하고 부조리하다.

하지만 바라보는 관점에 따라서는, 얼마든지 뒤집어엎을 수도 있다.

거기까지 생각이 미쳤을 때쯤, 기억이 깜박거리는 현상이 멈췄다. 나는 기억을 상실했다고 생각하지만 실제로는 생각하는 걸 그만둔 모양이었다.

뇌가 과도한 피로를 견디지 못하고 보호 기능을 행한 건지도 모른다. 전혀 세어 보지는 못했지만 이미 일천여 년은 가뿐하게 넘긴 상태이다.

여전히 내 앞의 벽을 끊어 낼 수가 없다. 벌써 이천 년 이상 수련을 하고 있는데…….

대신에 나는 주먹을 쥐고 펴며, 정공을 열어서 기를 출납시키는 데 익숙해졌다. 그리고 그 와중에 머릿속에서는 나도 모르게 천둔검류(天遁劍流)를 정립시키기 시작했다. 주변에 모여든 사람들의 생각과 경험 속에서 천천히 모양이 만들어진다.

몸이 천천히 숨을 쉰다.

내 몸은 나무[木]. 싹을 틔우고 가지를 뻗고 단단하게 내면에 뿌리를 내린다.

내 몸은 물[水]. 가지를 흘러서 생명을 틔우고 어스름하게 줄기를 뻗친다.

내 몸은 불꽃[火]. 단전에서 파괴된 기가 요동치며 뇌혈관까지 타오르는 느낌이다.

내 몸은 강철[金]. 잉앗줄처럼 벼려진 정공을 통해 세맥이 천천히 튼튼해지고 있다.

내 몸은 대지[土]. 생명의 모든 씨앗이 움트면서 천태만상을 펼쳐 내고 있다.

그리고 내 마음은 무[無].

몇 백 년이나 지나고 있는 걸까, 움직이지도 못하면서 멈춰 버린 시간 속에서 망념과 생각만을 미친 듯이 반복하고 있다. 보통 사람이라면 인격(人格)을 수십 번은 말살 당했을 만한 지옥이 벌써 몇 번이나 찾아온 걸까…….

이따금 죽고 싶다, 라고 생각한 적이 많다.

그게 괴로운 건 아니다.

정말로 괴로운 건…… 죽고 싶다고 생각하는 걸 짜증 내고 있을 때다.

죽어도 남는 정념의 혼돈. 주워야 한다면, 남겨진 시간은 슬프지 않을까? 원통하지 않을지? ……수억, 수천조 번이 넘는 윤회 속에서 누군가가 내게 해 준 말이 어렴풋이 눈을 떴다.

또깍, 또깍

또다시 기억이 깜박거리면서 생각이 멈춰 버릴 때쯤, 지독할 정도로 정확해지고 있는 생체 시계가 변화를 알려 주었다. 그때부터 어렴풋이 팔백여 년 정도가 지난 듯싶은데…… 한 걸음을 옮길 수가 없다.

"아아."

걸을 수가 없다…… 도저히 걸을 수가 없다. 나는 붙잡힌 거미처럼 박제되어서 자신의 우리 속에서 죽어 가고 있었다.

인격이라고 불리는 게 울부짖으면서 고통을 호소하고 있는 동안에도, 무념(武念)은 아무런 사심 없이 계속해서 검류(劍流)를 통합하고 있다.

천의무봉의 가르침을 얻기 위해서 수백만 번이나 연습과 반복을 머릿속에서 반복하고 있다.

벽을 뚫고, 한 걸음을 옮길 수가 없다…….

기(氣)가 점차 느껴지지 않는다.

반대인가?

이 공간에서 숨쉬는 순간, 기가 자연스럽게 체내로 얽혀 든다.

언제부터인지 마음은 공허 속에서 맴돌면서 오직 생각만을 거듭하고 있었다. 마음과는 별개로 수련하고자 하는 의지는 끊임없이 뇌를 움직이면서 나를 미치지 않게 만들었다.

웃긴 일이다.

살아남기 위해서가 아니라…… 수련하기 위해서 살아 있다.

내 몸에 잠재되어 있는 기의 농도가 외부 세계와 완전히 같아지고 있는 걸 느꼈을 때가 되어서야 서서히 변화가 찾아왔다. 간단하게나마 소주천(小周天)이 몸속에서 돌아가는 게 느껴지고, 의념을 자유자재로 사용할 수 있게 되었다. 그리고 이제 곧 천둔검류를 통합할 수 있을지도 모른다.

언제부터 참극(慘劇)이 시작되었을까?

그렇다고 해도 나는 목숨을 스스로 끊는 걸 거부했다. '한 걸음'을 걷는 건 불가능해도 생명을 포기하는 건 언제든 가능했는데, 나는 수백여 년 이상 멈춘 시간 속에서 살아가기를 선택했다.

그래도 포기하지 않았다.

왜냐하면 진정한 '싸움'은 언제나 혼자이기 때문이다.

내가 아무리 강해져도 그건 절대로 변하지 않는다.

나가는 것도 물러서는 것도 나의 의지이기 때문에 누구도 날 도와줄 수 없다.

어느덧 내가 수련한 무예는 자꾸만 가짓수가 늘어서, 백여 개를 넘었을 때는 곤혹스러울 정도가 되었다. 영락(靈洛)은 자꾸만 증폭되어 가는 의념 때문에 범위가 자꾸 넓어지고만 있다.

그러나 영락을 따라서 다른 무예가 얽혀 들어오면서 수련이 점차 무용지물이 되어 버렸다. 깨달음을 통해 응축된 검류가 탁해지고, 제멋대로 풀려버리면서 머리를 복잡하게 만든다.

더 이상은 상상력으로도 내가 뭘 해야 할지 감이 오지 않는다. 무식할 정도로 많은 기(技)가 심(心)을 어지럽힌다.

단지 훑어보는 수준이면 괜찮았을지 모른다.

하지만 무진장의 시간 동안에 나는 무의식적으로 다른 무예도 연구하고 들여다보게 된다. 그러는 와중에 또 다른 묘리를 짚어 내곤 한다. 몇 번이고 실수가 반복되니까 이젠 수습하기 힘든 지경에 이르러 버렸다.

그러던 어느 날, 내가 수백 여 년 동안 이룬 것도 하나 없이 그냥 무한대의 시간에 내동댕이쳐져 있다는 걸 발견했다. 마음속이 허해지고 머릿속이 텅 비었다. 더 이상 생각하는 게 의미가 있나 싶을 정도였다.

왜 이러지?

노력하는 시간은 결과를 가져다주는데…… 내 신념이 틀렸단 말인가?

울혈(鬱血)이 내장에서 비어져 나왔다.

그리고 천천히 밑에서 위로, 안에서 밖으로, 눈에서 뺨으로, 목에서 혀로, 심장에서 뇌로 피가 치밀어 올랐다. 그 과정은 너무나, 너무나 느려서 도리어 괴로웠다. 차라리 한순간의 고통이라면 편할 텐데…… 전신을 이루고 있던 진기(眞氣)가 붕괴하면서 몸의 오행육합(五行六合)이 조화를 잃어버린다.

아니야, 난 할 수 있어.

아직 할 수 있다고.

이런 곳에서 주저앉기 위해서 수천 년을 괴롭게 달려온 게 아냐.

"……!!"

나는 그제야, 영왕과 탈혼경, 영왕수, 그리고 검성(劍聖)의 모든 비밀을 알 수 있었다.

모든 게 이 괴로움에서 출발한다는 사실도.

"그…… 그랬던 거구나. 그랬던 거야……."

수천 년…… 인간의 시간으로 형언할 수 없는 무시무시한 고독과 오탁 속에서 나는 눈물을 흘리고 말았다.

여태껏 눈물이 말라 버린 줄 알았는데, 걷잡을 수 없이 흘러내리고 말았다.

지금까지 내가 살아왔던 모든 시간이 편린에 지나지 않고, 그 모든 진실을 받아들일 준비조차도 되지 않았었다.

"하지만…… 그래도 난……."

살아가자. 일단은 살아가자.

열등감은 언제나 나와 함께했으니…… 버틸 수 있다.

지금의 나는…… '유천영'이 선택한 길이 옳은지 틀린지 잘 모른다. 받아들일 때마다, 아까 느꼈던 것처럼 세계가 계속해서 거대해질 거라고 생각한다. 개미처럼 땅바닥을 기면서 평생 동안 '위'를 노려볼 수밖에 없을지도 모른다. 틀렸다고 해도 지금의 나로서는 아무것도 할 수 없다고 생각한다.

……그게 한 번 깨무는 개미의 몸부림이라고 해도, 하잘것 없는 아픔이라도 좋다.

"나는 길이 있으니까 갈 뿐이다!"

* * *

만혼쇄검(萬魂碎劍), 멸절마검(滅絕魔劍), 한광검법(寒狂劍法), 옥류비검(玉琉飛劍), 영환검법(影幻劍法), 연화비검(連花飛劍), 대은삼검(大闇三劍), 단천비검(斷天飛劍), 도환

검결(濤渙劍決), 막영검법(幕影劍法), 성령검법(聖靈劍法), 탈혼무정검(奪魂無情劍), 비류검법(飛流劍法), 뇌풍검법(雷風劍法), 팔명검법(捌冥劍法), 광혼일검(狂魂一劍), 구화마검(九禍魔劍), 연환구구탈백검(連環九九奪魄劍), 구환마룡검(九幻魔龍劍), 자전십이파검(紫電十二破劍), 연환삼선검(連環三線劍), 육합검법(六合劍法), 은성검법(銀星劍法), 대라삼검(大羅三劍), 칠십이로파검(七十以露破劍), 천성검법(千星劍法), 타루검법(墮淚劍法), 호수검결(虎手劍決), 사령검법(死靈劍法), 우면검법(雨緬劍法), 원형팔괘검(圓形八掛劍), 불명검법(佛鳴劍法), 송풍검법(松楓劍法), 단월천수검법(斷月天守劍法), 연형추혼검법(連形追魂劍法), 천선비검록(天仙秘劍錄), 해남검법(海南劍法), 현청검법(玄青劍法), 금쇄검법(金碎劍法), 기봉검법(氣封劍法), 청룡구식(青龍九式), 탈명연환삼선검(奪命連環三旋劍), 청강마라검법(青剛魔羅劍法), 제왕검형(帝王劍形), 장백검법(長白劍法), 묵성환영검(墨星幻影劍), 능광백팔검(凌光百八劍), 분광뇌풍검법(紛光雷風劍法), 청강비검(青剛飛劍), 뇌응검법(雷鷹劍法), 매화칠검(梅花七劍), 벽사검법(碧蛇劍法), 정혈검법(精血劍法), 초사두절검(草死頭絕劍), 소청검법(小淸劍法), 삼절검(三絕劍), 섬전십삼뢰(閃電十三雷), 태양광검(太陽光劍), 보타육로검법(菩咤六路劍法), 파천십삼검뢰(破天十三

雷), 심상검법(心想劍法), 진천살검(震天殺劍), 상혼쾌검(傷魂快劍), 좌가절검(挫迦節劍), 풍뢰검법(風雷劍法), 팔황풍검(八荒風劍), 난화혈풍검(亂花血風劍), 월녀검법(月女劍法), 사일검법(死日劍法), 사전절광검(死電絶光劍), 옥허삼십육검(玉虛三十六劍), 천룡대라삼검(天龍大羅三劍), 풍혼검법(風魂劍法).

"무혼(武魂) 사단계(四段階) 천둔(天遁)."

이 공간에 들어온 지 바깥 시간으로 약 일 년이 지난 시점의 일이었다. 나는 수만 년의 기억과 풍월, 죽음을 꿰뚫고 이 자리에 서 있었다. 그리고 내가 어느 순간, 환상처럼 얻어 낸 경지의 이름을 조용히 되새김질해 보았다.

"얻어 버렸어…… 정말이지, 허무하구만."

나는 조용히 웃었다. 아직 반의반도 오지 않았다.

나는 나도 모르는 사이에, 이 수련을 통해서 무(武)의 극(極)에 이르는 길을 가고 있었던 것이다.

이제는 나도 알고 있다.

이 길의 이름은 무혼십절(武魂十絶)…….

검성(劍聖)이 이미 도달했던 길이었다.

5.
검성전

검성전이 열리기 전날, 남룡제(南龍帝)는 자신의 애검을 손질했다. 세상에는 잘 알려지지 않았지만 그의 장기 중 하나는 검이었다.

그는 고요한 새벽바람을 맞으면서 오늘이 태오(太烏)를 불러내는 날이라는 걸 새삼 되새겼다.

'지난 육 년은 정말로 바빴지.'

태오가 폐관 수련하기로 한 이후 육 년간, 남룡제는 평생 해 왔던 모든 일보다 바쁘게 움직였다.

우선은 황위 서열을 정하는 문제가 급했다. 더 미루게 되면 당장에 각지에서 반란이 일어나게 될 판이었다.

그래서 무황령과 천마공을 도와서 성군(聖君)이 될 만한 인물을 찾아서 차기 황기에 즉위시켰다. 그 인물은 황위 계승 서열 구 위나 되는 자부왕(慈賦王)이었다. 자부왕의 즉위에는 아무도 반대하지 못했는데, 왜냐하면 천마공이 직접 움직이면서 반역을 일으키려는 세력을 사전에 싹을 뽑아 버렸기 때문이다.

남룡제는 천마공이 부재해 있는 황도에서 태천맹주 천룡대공이 함부로 움직이지 못하도록 견제하는 역할을 맡았다. 견제라고는 해도 천룡대공의 실력은 남룡제보다 약간 나았기 때문에 매우 힘든 일이었다. 이따금씩 진심이 되어서 부딪히면 황도의 건물이 송두리째 날아갈까 봐 서로가 조심하곤 했다.

남룡제는 자신의 내상(內傷)이 평생 안 낫는 것이라는 걸 새삼 되새기며 씁쓸하게 웃었다.

'역시 아무리 조심하고 있어도 낫지 않는군. 영약으로도 자리 보전이 될 정도면…… 그때 죽지 않은 게 다행이었구나.'

역량이 온전했다면 아무리 천룡대공이 전 신룡전 우승자였다고 할지라도 쉽사리 상대했을 것이다. 천룡대공도 남룡제의 부상이 상당하다는 걸 알고 있는지 몇 번인가 사정을 봐준 적이 있다.

그 풍모가 대협다워서 남룡제는 그가 정파의 지존이 될 만하다고 생각했다.

잡생각을 하고 있는 동안 점차 해가 떠오르고 있었다. 남룡제는 슬슬 가 봐야겠다고 여기며 황궁 지하의 밀실으로 향했다.

저벅저벅.

육 년 전 그 때, 갑작스레 수도에는 같은 얼굴을 한 똑같은 인간이 무더기로 출현한 사건이 있었다.

어찌 된 일인지 똑같이 생긴 태오의 분신이 무수히 출현한 것이다. 다행히 일각도 되지 않아서 모조리 사라져 버렸지만 남룡제는 그게 태오의 짓이라는 걸 알고 있었다.

그 이후로도 태오는 황궁 밀실에 정체불명의 아공간(亞空間)을 만들어 놓고 전혀 모습을 드러내지 않았다.

식량도 필요 없는지 경비병은 태오를 아예 본 적이 없다고 말했다. 남룡제는 걱정이 되었지만 태오는 술법에도 능하기에 무사할 거라고 생각하고 방치했다.

그리고 약속한 육 년 째, 검성전이 시작되기 전날, 태오를 깨우러 가는 것이다.

"태오, 내일부터 검성전이 시작되네. 이미 자네의 이름을 참가자로 등록해 두었네."

대답은 들려오지 않았다. 잠시 주변을 둘러보던 남룡제

가 더욱 큰 목소리로 말했다.

"이제 약속대로 모습을 드러내게. 어찌 되었든 자네의 모습은 보아야겠군."

역시 공간은 침묵으로 물들어 있었다.

'역시 들리지 않는 것인가?'

남룡제가 한숨을 크게 쉰 후 등을 돌리려고 하는 순간이었다.

"미안합니다. 시간차가 너무 커서 늦게 반응해 버렸습니다."

"……!!"

남룡제는 그 자리에서 굳어 버렸다.

절세고수인 그조차도 반응할 수 없는 순간에, 말 그대로 빛이 아니면 생각할 수 없는 속도로 태오의 모습이 정면에 드러나 있었던 것이다! 뒤나 측면이면 차라리 이해를 할 테지만, 정신이 들어 보니 '정면'에 있다는 건 있을 수 없는 일이었다. 하물며 남룡제의 감각계수를 이토록 자유자재로 뚫다니!

남룡제가 떨리는 목소리로 말했다.

"무…… 무슨 수련을 한 거지? 나는 할아버님을 제외하고 태어나서 그런 경공은 본 적이 없네."

태오는 한 줌도 표정 변화가 없이 대답했다.

"아마 검성과 비슷할 겁니다. 그럴 수밖에 없죠."

"무슨……?"

"아무튼 감사합니다. 등록하러 가기 껄끄러웠는데 하루의 시간을 벌었군요."

"……."

남룡제는 눈앞에 있는 이 소년이 도저히 태오라고 믿겨지지 않았다. 눈앞에 있는데도 전혀 무위(武威)가 느껴지지 않는다.

그 말은 두 가지 경우를 상징하고 있었는데, 하나는 전혀 무공을 모르는 문외한이거나, 혹은 남룡제보다 적어도 두세 수 위에 있는 절대자라는 뜻이었다.

전자일 리가 없었으니 태오는 상상을 초월할 정도로 강해진 게 분명했다.

남룡제는 자신의 손이 떨리는 걸 애써 붙잡았다. 잘못하면 우는 소리가 나올 거 같았기 때문이다.

"건강해 보여서 다행이군. 그때부터 나이를 먹지 않은 것 같아."

여전히 태오의 외양은 꾀죄죄한 십대 중반의 소년이었다.

"육합귀진술을 펼친 무량 공간은 시간이 흐르지 않고 노화를 막습니다. 앞으로도 당분간은 이 모습 그대로일 겁니다."

"그렇군. 자네는 분신술을 사용해서 수련한 건가."

"그것보다는…… 본질적인…… 아니, 그렇게 될 운명이었다고 해야겠죠."

"……?"

태오는 쓴웃음을 짓더니 말했다.

"아무튼 가죠. 끝이 얼마 남지 않았으니까요."

자리를 옮긴 후, 남룡제는 술상을 차리게 시켰다. 고생한 사람에게는 술을 대접하는 게 일반적인 관례였기 때문이다. 하지만 태오는 도리어 술상을 꺼리면서 말했다.

"사양하겠습니다."

"하긴 내일 대회에 출전할 테니 몸 보전을 하는 게 맞겠군."

태오가 고개를 저었다.

"그게 아닙니다. 더 이상 인연(因緣)을 남기고 싶지 않습니다."

"인연? 아까부터 이상한 소리만 계속 하는군. 마치……."

남룡제는 입을 닫았다.

'그러고 보니…… 어쩌면 이렇게 할아버지를 닮을 수가 있을까?'

어렸을 적에 몇 년간 잠시 남룡제를 돌봤던 검성.

그와 이야기할 때 느꼈던 아득한 거리감과 불분명함이 태오에게서 느껴지고 있었다. 다시금 검성과 이야기하면 이렇게 되지 않을까 하는 생각이 들었다.

남룡제가 혼란스러워하는 걸 아는지 모르는지 태오가 말했다.

"대회는 총 십 주야(十晝夜)에 걸쳐 열린다고 들었습니다."

"그렇네. 첫날은 참가 자격을 가려내고, 둘째 날에 다시 거르고, 셋째 날부터 인룡전(人龍戰)이 시작되지. 인룡전에서 지룡전, 천룡전까지 모두 마무리되는 게 열흘째라네."

"신룡전(神龍戰)은 어찌 될까요?"

"아마도 천룡전 우승자가 배출된 뒤, 사흘 후에 열리겠지. 참가 자격은 최소 천룡전 참가자일세. 이건 자네도 이미 알고 있을걸."

"네, 그렇군요……."

태오는 가만히 고개를 주억거렸다. 그런 태오를 보면서 남룡제는 고개를 갸웃거렸다.

'이상하군. 지금까지는 똑똑하기는 했지만 경망스럽게 타인의 말에 자주 휘둘렸다…… 하지만 마치 백전노장을 보는 것처럼 냉담하고 노련한 기세…… 아니, 차라리 초연하기까지 하니, 대체 어떤 수련을 쌓았단 말인가?'

"일 격."

순간 남룡제는 생각에 빠져서 태오의 말을 놓쳤다.

아니, 어떤 어조인지 알아듣지 못했다는 쪽이 더욱 적합하리라. 남룡제는 멍청하게 반문했다.

"뭐?"

"모두 일 격으로 끝내고 우승으로 끝내겠습니다."

"뭐…… 그거야…… 천룡전은 가능할지도 모르지."

남룡제는 애매한 음성으로 끝맺었다.

어찌 보면 광오 하기 그지없지만, 태오는 충분히 그럴 만한 자격이 있었다. 천룡전에 참가하는 게 천하에서 손꼽히는 초절정고수들이라지만 태오는 폐관 수련 전에도 그들을 뛰어넘는 고수였다. 하물며 지금은 모두 일 격에 끝장 내는 게 가능할지도 몰랐다.

태오가 고개를 저었다.

"그게 아닙니다. 신룡전에서도 저는 일 격 이상을 사용할 생각이 없습니다."

"뭐라고?"

남룡제는 순간 기가 막히고 화가 나서 자리에서 일어섰다. 그는 잠시 태오를 쏘아보다가 말했다.

"자네는 나를 비롯해서 천마공, 협유곡주, 무황령, 그리고 구성천 전승자들이 모두 신룡전에 참가하는 걸 알고 하는 소리인가? 그 말은 우리 모두를 일초지적(一招之敵)으로 여기고 있다는 말이겠지?"

이어진 태오의 대답은 더욱 남룡제를 어이없게 했다.

"그렇습니다."

"……."

대체 어디서 이런 자신감이 오는 것인가.

남룡제는 도리어 흥분이 가라앉아서 가슴이 차갑게 되었다. 그는 전에 없이 싸늘한 표정으로 나직이 말했다.

"그 말은, 현재 자네는 스스로가 천하제일(天下第一)이라고 생각하고 있다는 뜻이군."

"그렇지 않습니다."

"그렇지 않다면……?"

"고금유일(古今唯一)입니다."

"……허허."

남룡제는 의외의 대답에 분노를 삼키고 천천히 말의 의미를 곱씹어 보았다.

고금유일.

과거와 현재를 통틀어 오직 하나뿐이다?

어찌 보면 천하제일보다 더욱 광오 한 말일 수가 있다. 과거에도 자신보다 강한 존재는 없었다고 말하는 것이기 때문이다. 하지만 남룡제는 고금유일이라는 말에서 유추되는 또 다른 의미 때문에 쉽사리 화를 낼 수가 없다.

천하(天下)는 온 누리, 온 세상이라는 뜻이 있지만, 사실 하늘 아래에 있다는 뜻이 있다. 현재의 태오는 그 하늘조차도 거부하는 독존(獨存)임을 말하고 있기도 했다. 형언할 수 없는 고독(孤獨)이 느껴졌기에 남룡제는 입을 다물었다.

남룡제는 선불리 태오와 자신의 실력을 견주려 하지 않았다.

'어차피 저 말이 허세인지 아닌지는 곧 알 수 있을 것이다.'

무(武)는 입으로 하는 게 아니다. 어떤 말로 포장을 하더라도, 결론은 하나였다.

[실력으로 이긴다!]

그 절대 명제를 알고 있으니 태오를 괜히 자극할 필요가 없었다. 남룡제는 술상을 치운 후, 태오의 손가락을 보았다.

"음? 자네 검성지륜이……."

태오의 손가락에 끼워져 있던 검성지륜이 완전히 백색(白色)으로 변해 있었다.

원래도 그리 화려한 반지는 아니었지만 지금은 마치 기력까지 빨려 들어가는 듯한 색깔이었다. 우윳빛깔이라고 보기에는 지나치게 강렬했다.

태오는 무표정하게 검성지륜을 내려다보았다.

"이건 실마리였습니다. 이게 없었다면 끝까지 깨닫지 못했을 겁니다."

"허허! 뭘 깨달았는가?"

"천지 아래 다른 게 없다는 사실을……."

태오가 문득 하늘을 보았다.

막 해가 밝아 오고 쨍쨍한 빛이 내려쬐려 하고 있었다. 여름의 어느 하루였기에 곧 감당하기 힘든 열기가 대지를 비출 것이다. 태오는 천천히 손을 뻗어서 하늘을 향했다.

파아앗!

"……아, 아니!!"

하늘에 먹구름이 일고, 곧이어 장대비가 내리는 데는 긴 시간이 걸리지 않았다. 결코 자연스러운 현상이라고 볼 수 없었기에 남룡제는 경동했다.

'천기(天機)를 조종했다고?! 설마 그런…….'

쏴아아—

태오는 하늘을 뚫듯이 내리는 비를 관조하다가 말했다.

"저와 당신의 인연은 곧 다하게 될 겁니다. 그동안 고마웠습니다."

슈르륵.

그리고 태오는 흔적도 없이 사라져 버렸다. 남룡제는 자신이 허깨비에 홀렸는지 의심해 보았지만, 그럴 리는 없었다.

그의 이목을 속일 정도의 마술을 사용했는지도 의심했지만 그렇지 않았다.

그리고 남룡제는 인정할 수밖에 없었다.

"그는 말한 걸 지키겠구나."

*　　　*　　　*

쏴아아—

검성전(劍聖戰) 문 앞에 태오가 와 있었다.

그는 검성전이 열리는 비무대의 정문 앞을 조용히 바라보고 있었다. 비가 마치 폭포수처럼 쏟아지는데도 태오에게는 한 방울도 묻지 않았고, 차라리 비켜 가는 듯했다. 딱히 기를 북돋지도 않았는데도 신기한 일이었다.

태오는 문 앞에 서 있던 한 여인(女人)을 발견했다.

그리고 입을 열었다.

"사호(沙湖) 문주(門主)."

"태오, 오랜만이야."

그녀는 이제 완연히 소녀의 티를 벗은 성숙한 여인의 자태를 지니고 있었다.

그때부터 적지 않은 세월이 흘렀으니 당연한 일이었다. 선명한 이목구비와 찰랑거리는 흑발, 그리고 마치 신이 빚은 듯 아름다운 몸의 조형. 태오는 잠시 동안이지만 사호의 옛 모습을 생각하지 않을 수가 없었다.

그녀 또한 아무런 우산을 쓰지 않았는데도 비가 몸에 묻지 않았다. 사호는 태오를 바라보더니 말했다.

"신룡전(神龍戰)의 마인(魔人)들은 내가 모두 복종시켰어. 곧 내 꿈이 이뤄질 거야."

"당신의 꿈은 무엇입니까? 한 번도 말한 적이 없었습니다."

"그렇구나. 알타리에게는 말했는데 네겐 말하지 않았구나."

사호는 잠시 손가락을 입술에 갖다 대고 생각하다가 입을 열었다.

"스승님들은 내 꿈이 천하제일이라고 생각하셨지. 하지만 내 꿈은 그것보다는 좀 더 크다구."

"그럼 무엇입니까?"

사호의 눈이 마치 고양이처럼 가늘어졌다.

"만족을 느끼는 거야."

"……."

"쉬워 보이지만 너무 어려운 목표였어. 나는 태어나서 지금까지, 남한테는 이해가 불가능한 속도로 모든 걸 익혀 왔어. 어려운 것 따위 아무것도 없었지. 그래서 나는 언제나 약간 불만족스러운 상태로 인생을 살아왔던 거야."

"겸사겸사 신룡전을 제패한 거군요."

"그런 셈이지. 그것도 별로 어렵진 않았어."

무(武)를 위해 태어난 여신(女神)!

눈앞의 사호는 천인일재라는 말로는 표현할 수 없었다. 애초에 천하에서 가장 뛰어난 천재들이라는 천인일재와 수련에 중독된 귀신인 만인일귀들이 몇 차례나 걸러져서 모인 게 신룡전이었다.

내로라하는 절세고수들도 초절정의 벽을 뚫지 못하고 좌절하기가 일쑤였고, 한계는 언제나 냉엄하게 존재했다. 그러나 사호는 그 모든 재능의 편린을 짓밟고 장난하듯이 마인(魔人)들의 정점에 오른 것이다.

사호는 흥미로운 눈으로 태오를 바라보다가 말했다.

"넌 예전의 큰 까마귀 꼬맹이가 아니구나. 너는 나를 만족시킬 수 있을 것 같아."

"좋은 명언이 있소. 만족은 오직 자신의 안에서만 찾을 수 있다고 하지."

"모르겠어…… 네가 그걸 가르쳐 줄 수 있을는지."

따악!

사호가 손가락을 튕겼다.

그러자 마치 하늘을 뚫을 듯이 내리던 호우가 일순간에 멎어 버렸다. 그리고 잠시 후에는 다시금 햇빛이 물기 어린 대지에 비치기 시작했다.

천기 변화!

태오가 물끄러미 사호를 바라보자 그녀가 키득 웃었다.

"네 힘이 이게 전부가 아니란 걸 알아. 나중에 재밌게 놀자."

쉬익.

사호의 신형은 연기처럼 사라져 버렸다. 태오가 해낸 것과 별다를 바 없는 것이었다. 사실은 공간과 차원을 접어서 자유자재로 이동하는 궁극의 보법(步法)이란 걸 태오는 알고 있었다.

태오는 새삼 씁쓸하게 웃으며 자신의 주먹을 쥐었다.

"처음 무림에 발을 들이밀 때부터, 내 길의 끝에 당신이 있을 거라고 생각했소. 내 예상이 맞았군."

* * *

검성전이 개막되었다.

첫날과 둘째 날은 별다른 이변 없이 참가 자격 미달자를 가려내는 시험이 계속되었다.

시험이라고 해도 공력(功力)과 체력, 기초적인 무공의 기량을 가리는 정도였다. 처음에는 간단한 편이었지만, 시험이 거듭될수록 난이도가 높아지고, 종래에는 최소한 중소 문파의 문주급이 아니면 아예 턱걸이도 불가능한 지경이 되었다.

특히 둘째 날의 마지막 시험은 대놓고 금강석(金剛石)에 다섯 치 이상의 손상을 줄 것을 요구해서, 강호의 명사(名師)들도 어렵다고 항의할 지경이 되었다.

금강석은 천하에서 가장 단단한 금속 중 하나라서 원래라면 흠집조차도 내기가 힘들기 때문이었다.

그러나 그 모든 시험을 통과하는 자는 늘 있었다.

결국 인룡전에 오를 참가자들의 명단이 다 추려지자 사람들은 그럴 만한 자격이 있다고 인정하며 대회의 결과를 주시하기 시작했다.

셋째 날이 시작되자 고수들은 점차 두각을 나타내기 시작했다.

대결은커녕 십초지적도 안 되는 승부가 여기저기에서 나오고, 혹자는 갖고 놀듯이 쓰러뜨리기도 했다. 모두가 강할 수는 없었기에 처참한 패배를 당할 때마다 원망의 목소리가 나왔다.

다만 생각 있는 자들은 실수로라도 분한 기색을 보이지 않았다.

'대회라서 살인이 금지된 게 천만다행이다.'

'여기에서의 원한은 강호로 고스란히 옮겨질 것이다. 쓸데없이 강한 자에게 밉보이면 안 돼.'

늘 있었던 일이지만 강자와 약자의 우열이 가려질 때마다 사람들은 인내해야 했다. 잘못하면 경기가 끝나자마자 살해당할 수도 있었기 때문이다.

투욱.

투욱.

"어, 어이 뭐야 저 녀석?"

"손도 안 대고 쓰러뜨리고 있어……."

인룡전의 막바지에 이르자 한 소년의 이야기가 점차 장안에 떠들썩해졌다.

손도 발도 무기도 쓰는 게 전혀 보이지 않는데, 상대방은 일 초 만에 기절해서 쓰러졌다. 심지어는 관전하던 무림고수들 중에서 누구도 그 소년의 일 수(一手)를 간파하지 못했기에 충격은 더 했다.

투욱.

"괴, 괴물이다……."

내로라하는 절정고수, 초절정고수들도 사정은 마찬가지

였다. 그들은 쓰러질 때 정체불명의 무언가에 당한 표정을 지으며 기절해 버렸다.

투욱.

결국 지룡전까지 소년의 쾌속 질주는 이어졌다. 가볍게 이십 연승을 이어 가던 소년은 사람들의 주시를 받았고, 두건을 이마에 두르고 입을 가린 소년의 정체에 대해서 사람들은 호기심이 가득했다.

지룡전의 막바지, 천룡전을 앞두고 있었을 때였다. 정체불명의 소년의 일 수를 관전하러 왔던 무림인들 중, 천룡육신군(天龍六神君)들이 소년의 용모를 보자 눈을 부릅떴다.

"저…… 저 녀석은?"

"틀림없다! 소광검마 태오다!"

쉬쉬쉭.

전대 태천맹주 천룡대협을 호위하며 관전하러 온 천룡육신군들이 동시에 달려들어서 태오의 주변을 둘러쌌다.

소년의 정체는 바로 태천맹을 휘저은 적이 있는 대마두, 소광검마 태오였던 것이다.

천룡육신군은 되려 주변에 와글거리며 모여든 군중들을 훑어보며 어이없는 표정을 지었다.

"태오가 태천맹을 휘젓고, 강호에 대대적인 수배령이 내렸는데, 지룡전이 끝나갈 때까지 누구도 태오라는 걸 눈치채지 못했단 말인가?"

"그들을 탓할 필요가 없소."

태오는 천룡육신군에게 둘러싸였는데도 태연한 기색이었다. 그는 도리어 천룡대협을 정면으로 바라보며 말했다.

"지금까지는 내 기운과 용모를 숨겼을 뿐, 천룡대협과 이야기 하고 싶어서 지금 진면목을 드러냈소."

"이 사마외도(邪魔外道)가 죽고 싶어서 환장했구나!"

천룡대협이 말릴 새도 없었다.

태천맹이 자랑하는 여섯 명의 초절정고수들은 동시에 태오에게 뛰어들었다. 예전에도 천룡육신군 개개인에게 밀리는 실력이었으니 지금은 합공하면 손쉽게 잡을 것이라고 생각한 것이다.

투욱.

"……?!"

천룡대협은 흠칫하고 놀랐다.

분명히 태오가 뭔가 한 수를 쓰긴 했는데, 그의 눈에도 어렴풋이 보일 뿐 관측되지 않은 것이다. 태오가 움직인 순간 천룡육신군의 여섯 초절정고수들은 모두 쓰러져서 땅바닥에 기절해 버렸다.

사람들은 마치 마술 같은 광경에 어리둥절해하고 있었다. 오직 천룡대협만이 태오의 실력을 짐작하고 침음성을 흘렸다.

"……놀랍군…… 단지 세상물정 모르는 아해라고 들었는데…… 이미 절대자의 경지에 이르러 있지 않은가……?"

"그대가 천룡대협이오?"

"그렇네. 내가 그렇게 불리고 있네."

"육신군 한 명이 신룡전 부총관에게 죽었는데 다른 한 명이 보충되었구려."

"불행한 사고였지. 이제 부총관도 죽었으니 문제될 건 없네."

그는 이미 태오가 신룡전에 깊게 관련되어 있다는 사실을 알고 있었는지 태오의 말에 놀라지 않았다. 천룡대협은 자신의 수염을 잠시 쓰다듬다가 말했다.

"자네 힘이라면 무난하게 신룡전까지 갈 수 있겠지. 아니, 우승도 가능할 게야. 그 정도 힘을 지니고 있다면 강호독패(江湖獨覇)도 꿈이 아니니……."

"……묻고 싶은 게 있소."

"물어보게."

주변 사람들은 아까부터 그들의 대화를 듣고 싶어서 몰려들어 있었지만, 정작 접근도 하지 못하고 소리도 들리지 않았다. 태오가 기막을 펼쳐서 소리를 차단했기 때문이었다. 태오는 잠시 후 손을 들었다.

그리고 세 번의 동작을 했다. 사람들은 무공이라기엔 너무 평범하고 단순한 그 동작을 보고는 헛웃음을 흘렸다. 강호에서 가장 기본적인 태을(太乙)과 삼재(三才)의 움직임이었기 때문이었다. 하지만 천룡대협은 태오의 움직임을 보고 유난히 얼굴이 굳어 있었다.

태오는 동작을 끝낸 후 천천히 말했다.

"검성이 하루 동안 그대에게 전수해 준 건 바로 이것이 아니오?"

"……어, 어떻게 그걸 알고 있지?"

"짐작대로군. 그게 진실이었어……."

천룡대협은 전에 없이 당황한 기색이었다.

아들인 초염권성이 죽었다고 해도 이 정도로 놀라지는 않을 것 같았다. 태오는 희미한 미소를 흘리더니 말했다.

"당신은 검성을 믿지 못했기에 거기에서 멈춰 버린 것이오. 하지만 세속의 명예를 얻기엔 충분했구려."

"믿으라니…… 네가 내 입장이었다면 믿을 수가 있었겠느냐."

천룡대협은 꺼져라 탄식을 했다. 그는 태오가 전후 사정을 다 알고 있다는 사실에 가슴이 답답해졌다. 그러고는 고개를 돌렸다.

"내가 해 줄 수 있는 말은 다 한 것 같군. 이제 태천맹은 자네의 수배령을 풀고 더 쫓지 않도록 하겠네. 관련되는 건 손해밖에 되지 않아."

"그럼 안녕히."

슈웃.

태오가 사라지자 천룡대협은 나직이 중얼거렸다.

"만일 저 아이가 검성의 비밀을 알고 있다면…… 이 저주도 끝날지도 모르지."

* * *

천룡전이 시작되어서도 태오의 일격(一擊) 행진은 계속되었다. 원래 수준 차이가 나는 고수들끼리는 일 격에 승부가 나도 이상하지 않았지만, 천룡전에서는 흔히 있는 일이 아니었다.

왜냐하면 천룡전에 참가한 자들은 모두 강호에서 내로라하는 초절정고수 육십사 인이라서, 어지간해서는 일백 초 정도는 버티게 마련이었기 때문이다.

퍼억!

"……커헉."

지금 태오에게 삼십이 강의 제물이 되어서 쓰러지는 인물은 태오의 눈에 익숙한 얼굴이었다. 태오는 눈에 이채를 띄고 그의 이름을 불렀다.

"낙무 사형."

일부러 태오가 손에 사정을 담긴 했지만, 낙무는 쓰러진 채로도 의식이 남아 있었다. 과거 유극문에서 태오의 사형이었던 낙무는 눈에 핏발이 선 채로 중얼거렸다.

"네…… 네놈은 어떻게 이렇게 강한 것이냐…… 너무나…… 너무나 불합리하다……."

"그렇소, 불합리하지."

태오는 순순히 인정했다. 물론 태오의 이면에는 인간의 상상을 초월하는 수련이 존재했지만 태오는 굳이 말하지 않았다. 어차피 그 진실 또한 불합리하고 비인간적이기는 마찬가지다.

"인정해 버리는군…… 개자식……!!"

낙무는 이를 갈았지만 이미 일어설 힘이 남지 않았다. 이어서 심판이 태오의 승리를 선언하기 직전, 태오는 낙무에게 전음을 보냈다.

[당신은 또 다른 가능성이오. 이 대회가 끝나고 나면 황궁의 지하밀실 두 번째 외벽을 찾아가 보시오. 그곳에서 진실을 알 수 있을 테니.]

"진실……? 무슨 소리……."

와아—!

낙무가 뭔가 따지기도 전에 장내에 함성이 울렸다. 그리고 지난 십여 년 동안 말 그대로 지옥 같은 수련을 하며 천룡전에 나올 정도로 실력을 키운 낙무는 절망했다. 그는 고개를 숙인 채로 눈물을 억지로 감추었다.

'그래…… 개자식…… 무슨 일이 있어도 이기고 말겠다……! 네가 말하는 곳에 꼭 찾아가 주마!'

이후로도 태오의 일격 행진은 계속되었다.

퍼억.

퍼억.

"……아아."

"여기, 검성전 맞지?"

"맞는데, 음…… 이건 대결이라고 할 수 있을까?"

지켜보던 관중들은 마치 장난이나 마술이라도 보는 기분에 휩싸였다. 심지어는 태오가 결승에서 우승 후보로 손꼽히던 자를 목 치기 수도 한 방에 쓰러뜨릴 때까지도, 다들 멍하니 태오의 일 격을 지켜봤다.

퍼억!

"천룡전, 무명자(無名者)의 우승!"

그리고 태오의 우승이 확정돼서 울려 퍼지는 순간에도, 장내는 정적으로 가득 차 있었다.

모두가 비현실적인 공간에 내동댕이쳐진 기분이 들었다. 태오의 역량은 명백히 세간에 알려져 있는 '무공' 이라는 영역을 초월해 있었다.

물론 현재 장내에서 알 만한 사람들은 모두 무명자의 정체가 대륙 최고의 현상범인 소광검마 태오라는 사실을 알고 있었지만, 그걸 공표해서 무림공적으로 만들기도 여의치 않았다.

'괴물이야…….'

'저걸 어떻게 건드려…….'

몇몇은 손에 땀이 축축하게 젖어 있었다.

왜냐하면 누가 선동을 하는 순간, 삼십 장의 거리 정도는 태오가 한 걸음에 압축해서 목을 딸 거라는 사실을 알고 있었기 때문이었다. 기묘한 정적이 맴도는 비무대 위는 부산하게 시상식 준비로 계속되었고, 태오는 말없이 그 자리에 서 있었다.

"그대, 무예의 정점에 오른 것을 축하하며……."

이윽고 차기 황제가 된 전대 자부왕이 태오에게 직접 천룡전 우승의 치하 연설을 하러 왔을 때였다. 태오는 뜬금없이 황제 앞에서 말을 꺼냈다.

"황제 폐하. 이 어리석은 백성이 질문이 있습니다!"

"……!"

웅성웅성.

좌중이 경악으로 물들었다.

갑작스레 황도가 혼란에 물든 것도 옛말이고, 현재의 황제는 천하를 잘 다스리고 있는 편이었다. 그래서 황제의 권위가 상당히 높은 시기인데 아무리 우승자라지만 함부로 무림인이 입을 열다니!

'듣던 대로군. 무명자로 정체를 숨긴 태오라…….'

하지만 황제는 도리어 흥미 있는 기색이었다.

태오에게서 그리 위압적인 기운이 느껴지지 않은 탓이었다. 게다가 무황령 또한 태오는 믿을 수 있는 자라고 황제에게 미리 언질을 했기에 친근감마저 느끼고 있었다. 그는 근엄하게 고개를 끄덕였다.

"말해 보게, 무명자."

"황제께서는 무림(武林)을 어떻게 생각하십니까?"

"……."

너무나 대담하고 예민한 질문이었다.

성정이 온화하고 느긋하기로 유명한 황제도 이 질문을 받자 당황한 표정을 지었다. 심지어 황제의 측근들이나 관중들은 다들 새파랗게 질리고 말았다.

보통이라면 그저 역모죄로 처단하면 될 테지만, 천룡전 우승자가 황제의 면전에서 저런 질문을 하는 건 의미가 달랐다. 말 그대로 무림의 암흑기가 찾아올 수도 있는 것이다.

하지만 황제는 이내 안색을 밝게 하며 대답했다.

"무림은 인간의 꿈(夢)일세, 무명자."

"꿈이란 말씀이십니까?"

"그렇네. 그대 같은 무림인들에게 무림은 현실이겠으나, 보통 사람에게는 강호의 임협은 정의를 실현시켜 주는 꿈의 세계에 살고 있네. 본좌는 그런 까닭에 그대 같은 강한 무림인들이 바른 정신으로 정의를 지켜 주기를 바라고 있네."

오오오……!

황제 만세! 황제 폐하 만세!!

당돌한 질문에 적절한 대답이었다.

좌중은 혹여 황제의 심기를 거스를까 두려워서 모두들 황제를 찬양하기 시작했다. 사방에서 들려오는 함성 소리에 황제는 만족한 표정을 짓고 있었다. 태오는 황제의 대답에 잠시 생각하다가 고개를 끄덕였다.

"황제께서는, 제가 일억 일(一億日)을 궁구해도 나오지 않았던 해답을 알고 계십니다."

"무명자, 칭찬 고맙네."

황제는 가볍게 미소로 받아넘겼지만 그는 전혀 모르고

있었다.

이 세상의 모든 우연을 합친 정도의 확률로, 그는 태오라고 하는 한 인간에게 해답을 제공해 주었다는 사실을.

시상식이 끝난 후 태오는 천천히 장내를 걸어 나왔다.

곳곳에서 태오를 죽이거나 이용하고 싶어 하는 자들의 기척이 영락을 통해 느껴졌다. 태오의 눈에는 날파리로밖에 보이지 않았으므로 태오는 그들을 무시한 채 눈을 감고 생각에 잠겼다.

"거의 다 됐어. 이제 마지막 관문만 통과하면 되겠지."

무명절기(無名絕技).

초월섬(超越殲).

투웅!

한 번 커다란 소리가 울렸다. 태오를 습격해서 죽이려던 오십 장 이내의 인물들이 모조리 수도(手刀)를 맞고 기절한 것이다.

그들은 모두 태오의 움직임은커녕 당할 때까지 자신이 어떻게 되는지도 모르고 있었다.

초음속의 경지!

"히익?!"

태오의 힘을 직접 눈으로 확인한 무림인들은 더 이상 덤빌 엄두가 나지 않았다.

검성천룡전에서는 사기를 쳤을 거라고 생각했을 뿐이었는데, 이건 그냥 신(神)이나 다름없었다. 자칫 잘못하면 몰살(沒殺)할지도 모른다는 생각에 하나둘씩 뿔뿔이 흩어지기 시작했다.

그때였다.

"오호라, '무혼'을 깨달은 거냐? 반쪽짜리야."

6.

영왕수

태오는 눈을 떴다. 생전 처음 보는 여자아이가 저편에서 걸어오고 있었다.

나이는 태오 정도의 또래일까, 조금 더 자라면 절세미녀라고 불릴 만한 상큼한 외모와 이목구비를 지니고 있었다. 태오는 그녀를 정면으로 바라보더니 중얼거렸다.

"영왕수(靈王獸)."

아마도 여자로 환생한 모양이었다.

"너도 내 존재를 눈치채고 있었던 것 같은데 말이지."

"적당히 육십사 강에서 져서 탈락할 때는 코웃음이 나왔소만."

"지금 너와 싸우면 인간이 십만 명 정도는 죽을 테니까, 쓸데없이 검성의 이목을 끌고 싶지 않거든."

영왕수가 어깨를 으쓱였지만 태오는 그 말이 허세가 아니라는 걸 알고 있었다.

영왕수라면 이 짧은 시간에 그 정도의 힘을 키우는 게 충분히 가능했다. 아마 지금 시점에서 태오보다 훨씬 강할지도 몰랐다.

태오는 그녀를 바라보다가 무미건조하게 말했다.

"영왕수여. 당신은 무림에 아무것도 바라지 않고, 아무것도 즐기지 못하고 살아가고 있소. 그건 세상에서 제일 불행한 일이오. 당신 자신에게."

영왕수가 피식 웃었다.

"그래. 내 영혼의 조각이라면 그런 이야기를 할 수 있어. 하지만 말야, 너는 인생(人生)이란 걸 어떻게 생각하는데?"

"……."

영왕수는 권태와 허무가 섞인 눈빛으로 중얼거렸다.

"나는…… 즐긴다는 게 뭔지 잊어버리고 말았다. 마치 옛 지배자인 영왕(永王)처럼 말야."

태오는 영왕수가 무슨 말을 하고 있는지 알고 있었다.

이 세상은 사실 한 번 멸망한 후에 재창조된 세계였다. 세계를 멸하는 거대한 싸움이 벌어진 후, 영왕은 자신이 만든 탈혼경에 의해 멸망했다. 창조신조차 뛰어넘는 초월자가 사라지자 이 세상은 일순간 거대한 힘의 공백에 휩싸이고 말았다.

현재의 시점에서, 탈혼경은 고장 난 기계 장치와 다름이 없었다. 시공간을 제멋대로 초월하면서 목적 없는 초월자를 양산하도록 만들어져 있었다.

탈혼경의 관리자인 환룡과 영왕수 모두가 그 모순을 이해하고 있었지만 고칠 방법이 없었던 것이다.

"환룡은 말했소. 무림은 꿈이라고."

"그런 이야기를 했었지."

"그리고 황제도 말했소. 무림은 꿈이라고."

"……."

"나는 황제가 옳다고 생각하오."

영왕수의 표정이 기괴하게 일그러졌다.

이 세상 그 어떤 욕설보다도 영왕수의 정신 상태를 붕괴시키는 한마디였던 탓이다. 태오는 아랑곳하지 않고 말을 이었다.

"쓸데없이 검성신룡전까지 당신과의 대결을 미룰 필요는 없소. 여기서 승부를 봅시다."

태오의 도발은 바로 먹혀들었다.

"하! 무혼십절(武魂十絕)에 입문했다고 꽤나 자신만만해졌군. 좋아, 어차피 나는 영생불사(永生不死)의 몸…… 네 녀석의 반쪽짜리 힘을 흡수하고 다시 백 년 정도 힘을 키우면 그만이다."

영왕수는 전혀 패배 따윈 생각지 않는 듯했다.

쿠우우우

태오의 몸은 다음 순간, 우주(宇宙)의 진공 상태에 떨어진 듯했다. 절대적인 한기가 온 사방에서 덮쳐 오고, 이윽고 온갖 종류의 재해가 닥쳐왔다. 영왕수가 즐겨 쓰는 사법(邪法)이었다. 태오는 가만히 눈을 감고 손을 뻗었다.

무혼(武魂).

오단계(五段階).

원영신(元孀身).

이 세상을 초월한 법신(法身), 혹은 법리(法理)의 구현이 그 자리에 나타났다. 영왕수가 사용한 십절진(十絕陳)이나 불멸기(不滅氣)는 모두 무효화되어서 산들바람처럼 사라져 버렸다.

보통 인간을 수백만 명이나 학살할 수 있는 위력이었는데 일시에 사라져 버리자 영왕수가 놀라운 표정을 지었다.

"원영신을?! 삼천세계를 통틀어서 최소 일천 년 이상 수

행해야 얻을 수 있다는 궁극의 초월체(超越體)를 얻었단 말이냐?!"

"이번에는 내 차례요."

영왕수의 놀라움이 끝나기도 전에 태오가 손을 휘둘렀다.

무혼(武魂).

육단계(六段階).

축퇴(縮退).

키이이이잉—

쿠오오오오오오오…….

하늘이 태오의 뜻에 따라 울부짖기 시작했다. 원영신이 천지와 감응하는 경지라면, 영겁의 사람은 그것을 뛰어넘어 법칙을 관조하는 경지이다.

기(氣)가 절대적으로 내부에서 소멸하면서 내뿜는 힘, 그리고 그것을 다시 정제해서 외부에 나타내는 힘. 두 가지의 다른 상태가 하나가 되어서 나타나는 힘.

와지지직!

공간이 일그러지며, 이윽고 하나의 형태가 된 어둠 그 자체가 구체가 되어서 눈앞에 떠올랐다.

영겁(永劫)의 람(籃)에서 비롯된 힘이다. 영왕수는 그 실체를 파악하고는 입술을 꽉 깨물었다. 겨우 유리구슬만 한 크기이지만 거기에 담긴 힘을 알아챈 것이다.

"설마, 설마……!! 내면에 축퇴의 노심을 보유하게 될 줄은……! 네놈은 정녕 인간도 아니구나!"

저 힘은, 현재의 문명 수준에서 존재할 수 없다!

인류가 우주로 진출한 후에 수십 세대나 지내야 편린이라도 찾을 수 있는 신의 경지였다.

'맞으면 안 돼!'

검성과 겨룰 때도 이런 경지는 보지 못했다.

검성은 그저 말도 안 되는 절대검로(絕對劍路)만으로 영왕수를 쓰러뜨렸지만, 태오가 보여 주는 무혼십절은 검성의 것과 엄청나게 달랐다. 이름만 같을 뿐 다른 경지라고 봐도 좋은 것이다.

'어떻게 이런 일이? 하지만…… 무혼십절이란 건 거짓이 아닌데…….'

영왕수인 자신을 쓰러뜨릴 수 있는 힘은 오직 그것뿐이다. 영왕이 남겨 둔 사대마경의 힘으로도 가능하긴 했지만, 그건 모두 환룡의 손안에 있다.

영왕수가 혼돈에 삼켜지고 있을 때, 축퇴의 구슬이 시공간을 격해서 뜬금없이 영왕수 앞에 나타났다.

파지지직!

"화…… 확률 변동?!"

영왕수는 자신이 아는 모든 방어막을 동원해 보았지만 이내 축퇴의 힘이 인과율마저 어그러뜨리는 걸 알아채고 비명을 질렀다.

'피할 확률'이 삭제되어서야 어쩔 도리가 없다. 그리고 그녀는 자신이 태오의 도발에 말려든 게 실수라는 걸 알아차렸다.

"크으으으…… 제기랄……!!"

우드득!

전성기의 힘이라면 축퇴의 힘에 놀라기는 했겠지만 무한에 가까운 권능을 휘둘러서 없앨 수 있었을 것이다.

그러나 어마어마한 속도로 힘을 키우기는 했으나 전성기의 절반도 안 되는 힘을 가지고 있으니, 태오의 무혼십절에 밀릴 수밖에 없었다.

하지만 그건 단순히 영왕수의 오판이 아니었다. 영왕수가 지금 손에 넣은 힘만 하더라도 대륙에 존재하는 인간들을 절반이나 죽이고도 남을 수준이었다.

고작해야 육 년만에 평범한 인간이었던 태오가 이 정도로 힘을 키울 줄은 이 세상 누구도 상상할 수 없는 것이다.

'있을 수가 없는 일…… 이다!! 적어도 일만 년…… 아니,

그 이상 수련을 하지 않는다면…… 하지만 인간이 어떻게 그럴 수가?!'

태오는 손을 뻗으며 말했다.

"원망 마시오. 모든 게 귀일(歸一)하는 것뿐이니까."

"귀일…… 귀일! 도대체…… 그저 내 멋대로 사는 건, 왜 안 된다는 거냐아아!!"

퍼어어억!

비명 소리와 함께 영왕수의 영혼이 축퇴의 힘에 집어삼켜졌다. 시공간과 인과율을 어그러뜨려서 봉인해 버리는 축퇴의 힘은 불멸불사의 영왕수에게 상극이라고까지 할 수 있었다.

영왕수의 힘이 쪼그라들어서 이윽고 새까만 구슬에 가두어진 것을 알아챈 태오가 구슬을 집어서 검성지륜에 갖다 대었다.

"왜냐하면, 민폐이기 때문이지."

키잉!

기묘한 소리가 울리더니 새하얗던 검성지륜이 시꺼멓게 물들기 시작했다. 검성지륜을 통해서 영왕수를 봉인해 버린 것이다. 원래는 태오 스스로가 영왕수의 영혼을 흡수할 수도 있었지만, 수만 년에 이르는 사악한 인격을 함부로 제어할 자신이 없었기 때문에 봉인에 그친 것이다.

"어…… 어라?"

영왕수의 영혼이 사라진 어린 소녀는 그 자리에 쓰러졌다가 곧 어리둥절해하며 일어섰다. 태오는 소녀를 일으켜 세워 주었다.

"정신이 들어?"

"여긴…… 어디죠?"

태오는 피식 웃으며 친절하게 말했다.

"너는 나쁜 꿈을 꾼 것뿐이다. 천천히 기억을 되살려 보면 네 고향으로 돌아갈 수 있을 거다."

검성전에서 인정받은 초고수가 되어 있는 것은 기절초풍할 일이다.

하지만 어차피 그녀는 또 다른 태오와 다를 바가 없었기에, 이윽고 영왕수의 힘에 적응해서 뛰어난 고수가 되리라. 예전의 태오가 그랬던 것처럼.

"꿈……? 정말 슬프고 혼돈스러워서 미칠 것 같은 꿈같았어요."

"……."

태오는 그 순간 가슴이 욱신거려서 견딜 수가 없었다.

영왕수가 이 세상의 재앙이고, 시공간을 조작해서 인간의 운명을 갖고 노는 악당이라는 사실은 충분히 알고 있다. 그렇기 때문에 목숨을 내놓는 모험까지 하면서 검성지륜에 봉인한 것이다.

정말로 잘한 일이다.

그러나 영왕수의 인격은 한편으로는 태오가 바랐고, 태오를 비추는 인격이기도 했다.

슬프게 광기에 물들어 가는 혼돈은 태오 그 자체를 상징하기도 했다. 자기 자신이 고독 속에서 울고 있는 모습은 생각만 해도 가슴이 저렸다.

주르륵…….

소녀는 고개를 갸우뚱거렸다.

"오빠, 왜 울어요?"

태오는 눈물을 훔치며 중얼거렸다.

"아냐. 곧 내 나쁜 꿈도 끝날 거야."

* * *

신룡전은 예고된 대로 속세의 검성전이 끝나고 사흘 후에 시작되었다.

열리는 곳은 협유곡이었다. 원래라면 황도 인근의 후미진 시골에서 행해질 예정이었지만, 협유곡주가 총관을 만나서 강력하게 설득한 끝에 협유곡 내에서 치러지기로 한 것이다. 태오는 육 년만에 협유곡에 발을 들이밀어서 협유곡주 길상의 얼굴을 볼 수 있었다.

길상은 태오를 보자마자 얼굴을 찌푸렸다.

"더럽게 강해져 버렸군. 정나미 떨어지는 자식."

"바로 알아보는 걸 보면, 당신도 꽤 강해졌소."

태오의 말은 겉치레가 아니었다.

남룡제, 천룡대협조차도 한눈에 태오의 실력을 간파하지는 못했다. 협유곡주 길상의 실력이 현재 그들보다 훨씬 윗줄에 올라 버렸기 때문에 태오의 힘을 어렴풋이나마 느낄 수 있게 된 것이다.

'영왕수를 봉인한다고 힘의 삼 할을 써 버린 탓도 있군…….'

축퇴의 힘은 시공간과 인과율을 무시하고 봉인해 버리는 궁극의 필살기였지만, 영왕수의 영혼은 엄청난 용량을 자랑했다.

결국 태오는 그때까지 무구한 세월에 걸쳐서 쌓아 온 힘의 잠재력을 희생하면서까지 영왕수를 잡아 넣어야 했던 것이다. 그래서 태오는 갓 폐관 수련에서 나온 시점보다는 상대적으로 약해져 있었다.

태오가 주변을 둘러보니, 천룡전에서는 보지 못했던 자들이 대부분이었다. 그들은 대개 신룡전의 연옥에서 여태껏 이십여 년 이상 구성천의 절기를 수련해 온 자들이었다.

서른 명 남짓한 인원들은 하나같이 천하무림을 오시할 만한 초고수였다.

'하나하나가 서방의 용을 홀로 잡고도 남을 자들이다…….'

태오는 쓴웃음을 지었다. 과거의 자신이었다면 이 무시무시한 진용에 기가 죽어서 걱정부터 했을 것이다. 하지만 지금은 마지막 목표만이 눈에 들어오기 때문에 그들의 실력 따위는 눈에 들어오지 않았다.

개중에는 구성천의 전승자들도 있었다. 신룡전의 연옥 출신자들조차도 그들의 출신 성분을 알아보자 기가 죽는지 눈을 마주치려 하지 않았다.

아무리 구성천의 절기를 배웠어도 정통절기보다는 뒤떨어지기 마련이었다. 그들 또한 강력한 우승 후보였다.

무황령, 천마공, 남룡제도 와 있었다.

망남이나 청법아, 회천공의 모습도 눈에 띄었다. 이 자리에 모인 자들이 힘을 합치면 백만대군도 우습게 족칠 수 있으니 실로 천하제일인을 정하기에 걸맞은 무대라고 할 수 있었다.

잠시 후 장내에 신룡전의 총관, 유륵이 나타났다.

그는 예전과 같이 비파를 뜯으며 나직이 신룡일성을 발해서 마음속으로 목소리를 전달했다.

[이 자리에 모여 주셔서 감사합니다. 이십 년 만의 신룡전이군요. 연옥에서 수련한 자들은 영광을 얻기 위해 발버둥 칠 테고, 그렇지 않은 사람들도 마찬가지겠죠. 다들 목표는 하나일 거라고 생각합니다.]

잠시 뜸을 들이던 유륵이 말을 이었다.

[하지만 아쉬운 소식을 먼저 전해 드리겠습니다.]

웅성…….

여태껏 유륵의 공치사에 군말이 붙은 적은 없었기에 소요가 일어났다. 유륵은 좌중을 둘러보더니 단호하게 말했다.

[이 시대의 영왕수(靈王獸)가 영구 봉인되었습니다. 이제 구성천이 활동할 이유도 없고, 검성도 필요 없는 존재가 되어 버렸죠. 그래서 검성을 모시고 특전을 제공하는 건 올해로 끝입니다. 즉, 이번 신룡전이 마지막이란 겁니다.]

"무…… 무슨!!"

특히 동요한 것은 구성천 전승자들이었다.

그들은 당혹하기 짝이 없는 표정을 짓고 있었다. 영왕수를 봉인할 방법을 찾으러 검성을 만나려 했는데, 정작 영왕수는 이미 봉인되어 버렸다니?

두 손 들고 좋아할 일이긴 했지만 너무나 뜬금없어서 당황할 수밖에 없었다.

항의의 목소리가 들렸는지 유륵이 손을 내저으며 부연 설명했다.

[설명을 위해서 제가 신룡전을 열어 둔 이유를 먼저 가르쳐 드리겠습니다.]

"……."

좌중이 침묵했다.

그건 여태껏 혹사당한 신룡전 연옥의 무인들이 가장 궁금해하는 것이었다. 말도 안 될 정도로 괴물 같은 무위를 지닌 신룡전 총관, 그는 충분히 천하제일인으로 군림할 수 있었을 텐데 어째서 신룡전 같은 걸 쓸데없이 만든 것일까? 그리고 총관 유륵은 대체 검성과 어떤 관계라는 것인가?

[이유는 간단합니다. 검성을 부르는 방법은 그 방법밖에 없기 때문이었습니다. 그리고 저는 검성의 제자이기도 합니다. 검성의 의지에 따라서 이 시대에 검성이 올 길을 열어 두었을 뿐입니다.]

유륵이 검성의 제자라는 건 다들 대충 예상해 본 내용이었다. 흉신과 악살에 이은 제삼의 제자가 바로 총관 유륵이었던 것이다.

"이 시대? 그게 무슨 말이지? 시간이동이라도 한다는 소리인가?"

누군가가 우스갯소리로 조롱하려고 말을 꺼냈다. 하지만 총관 유륵은 의외로 담담하게 고개를 끄덕였다.

[맞습니다. 검성은 어디에도 존재하고 어디에도 없습니다. 그렇기 때문에 하나의 시공간에 고정시켜서 출현시키기 위해서는, 그가 납득할 수 있는 무(武)의 궁구(窮究)가 필요한 것입니다!]

"……!"

웅성거림이 더욱 커졌지만 누구도 납득하지 못했다. 그도 그럴 것이, 검성이 마치 신령 같은 존재라고 하니 듣는 사람들의 입장에서는 속이 터질 수밖에 없는 것이다.

[자아, 이 이상의 내용은 우승자에게만 알려 드리겠습니다. 그럼 다들 최선을 다해 주시길 바랍니다.]

"잠깐!"

그때였다. 남룡제가 다급하게 손을 들어서 외쳤다.

총관 유륵이 힐끔 그를 바라보자, 그는 정말 궁금한 것이 있는지 질문을 했다.

"부총관은 어떻게 된 거지? 정말로 소문대로 네가 죽였나? ……그리고 죽였다면, 그 또한 검성의 제자였단 말인가?"

[별로 중요한 것도 아닌데 궁금해하시는군요. 흐음…….]

띠링.

총관 유륵은 아무렇지도 않은 듯 비파를 뜯었다. 그는 정말로 중요하지 않은 일이라고 생각했는지 천천히 비밀을 풀어내기 시작했다.

[부총관은 '과거' 일 뿐입니다. 원래부터 살아 있는 게 아니었죠. 그가 존재하든 존재하지 않든, 그건 삶과 죽음으로 표현할 수 없습니다. 물론 지금은 존재하지 않으며, 임무 수행에 방해되기 때문이었습니다. 또한 그는 검성의 제자조차도 아닙니다.]

"……?"

[대답이 되었는지?]

명쾌해 보였지만 알쏭달쏭한 대답이었다. 지혜롭기로 이름난 남룡제조차도 멍청한 표정을 짓고 말 정도였다. 총관 유륵이 하는 말은 하나같이 인간의 상식을 무시하는 것 같았다.

하지만 이 자리에서 태오만큼은 유일하게 유륵이 말하는 뜻을 모두 파악하고 있었다.

왜냐하면 수만 년에 이르는 궁구의 시간 동안에 그는 검성의 진실을 깨달아 버렸기 때문이다. 그건 차라리 불행이라고밖에 할 수 없었다.

[그럼 지금부터 검성전 최후의 관문, 그리고 최후의 신룡전을 개시합니다.]

다들 아무런 말없이 묵묵히 협유곡의 마인들에게 대전표를 받았다.

신룡전 또한 다른 검성전과 마찬가지로 대전 형식으로 사다리처럼 올라가는 방식이었다. 그러나 그 흉험함과 수준은 차원이 달랐다. 하나같이 일대의 패주이거나 전설적인 고수로 군림할 수 있는 자들이 저마다의 전력을 다하며 겨루는 자리였기 때문이다.

구성천 전승자들은 상당히 마음이 풀어진 듯했다. 그들에게 있어서 가장 큰 걱정거리는 바로 영왕수였는데, 그 존재가 봉인되었다고 총관 유륵이 확언했다면 진실이나 다름없었기 때문이다. 그들은 반쯤 여유롭게 전투에 임하고 있었다.

쿠구구궁!

강기와 강기, 이기어검이나 간혹 심검이 터져 나왔다. 엄청난 기와 의념의 충돌을 멀리서 관전하고 있던 협유곡주가 팔짱을 끼며 태오에게 말을 걸었다.

"저들은 하나같이 한 시대에 존재하기는 아까운 고수들이다. 달리 말하자면 무림의 무력충돌을 억제한 것은, '검성' 이라는 정점에 대한 갈망이 순수한 무(武)의 추구를 부추겼기 때문이겠지. 단체끼리의 혈투가 무의미하다고 생각할 정도로."

태오는 대답하지 않고 묵묵히 대결을 지켜보고 있었다.

"나는 검성을 본 적도 없고 이야기밖에 듣지 못했지만, 그는 정말 대단한 인물일 것이다. 검성전을 만들어서 천하제일의 기회를 공식적으로 만들어 버려서…… 결과적으로 무림에 평화를 간접적으로 가져다줬으니까."

"그는 대단하지 않습니다."

태오는 무심하게 말을 이었다. 심처에는 극심한 혐오 감정이 깃들어 있었다.

"검성은 형편없는 인간쓰레기, 인간탈락이죠."

"크크! 세상에 너 이외에는 그런 이야기를 할 수 있는 놈이 없을 것이다. 영왕수를 봉인했다는 거, 태오 네 녀석이지?"

"그렇습니다."

"부정하지도 않는군. 하여간 천하제일이라는 자리, 마음껏 즐기도록."

휘익.

협유곡주는 다른 곳으로 휙 가 버렸다. 그는 이미 검성을 만나는 일이나 강호의 권좌에 관심이 없는지, 본격적으로 관전을 즐기려는 듯했다. 태오는 순간이지만 부러운 기색으로 협유곡주를 힐끗 바라보다가 중얼거렸다.

"천하제일은 그렇겠지요. 하지만 고금유일이라는 건 즐

길 수가 없습니다."

이윽고 태오의 차례가 다가왔다.

투욱!

"……!"

"뭐, 뭐야 저거?!"

구성천 전승자들 중 몇몇이 일제히 비명을 질렀다.

귤화위지가 태오의 수도 일 격에 기절해서 쓰러져 버렸기 때문이다. 귤화위지는 육 년 동안 자신의 무공을 절치부심하며 갈고닦아서, 지금은 자유자재로 이기어검을 사중으로 구사할 수 있는 초고수가 되어 있었다.

무공이 열 배 이상 향상된 셈이라서 조심스럽게 그의 우승을 점치는 자들도 있었다.

"말도 안 돼!"

그런데 인사를 나누고 약 일 초 만에, 귤화위지는 반항 한 번 못하고 목에 수도를 얻어맞고 뻗어 버린 것이다. 구성천 전승자들은 황당해서 입을 벌렸다.

검성천룡전에서라면 저런 신위가 이해가 된다. 왜냐하면 강호의 초절정고수라고 하지만 강호의 이면에서는 별거 아닌 존재들이기 때문이다.

하지만 귤화위지는 숨겨진 무림까지 통틀어서 검술에 있어서 일대종사의 경지에 도달한 자이다. 더구나 본국검법까지 사용하는데도 일 초 만에 쓰러뜨린다는 건 상상도 할 수 없었다.

태오는 안쓰러운 눈으로 귤화위지를 내려다보다가 말했다.

"미안하군. 아무튼 좋은 꿈꾸시오."

그리고 이번은 그뿐만이 아니었다.

퍼억!

"……!!"

"괴, 괴물이 두 명이야!!"

신룡전 참가자들은 입을 쩍 벌렸다.

태오에게 질세라, 신룡전 연옥의 패자(覇者)인 유극문주 사호가 일 격에 남룡제를 쓰러뜨렸기 때문이었다. 이번의 충격은 방금 전보다 더욱 컸다. 귤화위지의 실력은 대단하지만 강호에서의 유명세는 크지 않았고, 남룡제는 살아 있는 무림의 전설이었기 때문이다.

한때 남북쌍룡제로 불리며 천하를 오시하는 최고고수였던 남룡제.

그는 비무가 시작된 지 일 초 만에 반항 한 번 하지 못하고 사호의 검에 기절해 버리고 말았다. 신룡전 참가자들 중에서 그 누구도 남룡제를 저렇게 쓰러뜨리는 건 꿈도 꾸지 못했기에, 장내에는 절로 공포감이 번져 나가기 시작했다.

심지어는 능글거리며 웃고 있던 협유곡주도, 조용히 자기 차례를 기다리고 있던 무황령도 눈썹을 꿈틀거렸다. 남룡제의 일 초 패배는 동시에 그들의 시대에 대한 도전이나 다름없었기 때문이다. 사호는 아무렇지도 않은 듯 검을 수발하며 중얼거렸다.

"또 다른 시대가 찾아왔을 뿐이에요. 이 정도로 놀라시면 안 되죠."

경쟁.

기묘한 경쟁이 벌어지고 있었다.

신룡전 참가자들은 자신들이 인간의 몸으로 펼쳐 낼 수 있는 최고의 무학 경지에 접근했다고 자신하고 있었다. 속세의 무림에서는 자신들이 한 번 무공을 펼치기만 하면 무신(武神)이나 악마가 나타났다고 칭송하기 바빴다. 너무 강해서 모든 게 시시하게 느껴진 적이 다들 한 번 정도는 있는 초고수들이었다.

하지만 지금…… 소광검마 태오와, 유극문주 사호.

변방의 이름 없는 중소문파인 유극문 출신의 두 소년소녀들이 경쟁이라도 하듯 기라성 같은 초고수들을 일 초 만에 쓰러뜨리길 반복하고 있었다.

그들은 다들 속으로 간절하게 바라고 있었다.

누군가가, 저들의 건방진 콧대를 꺾어 달라고.

하다못해 일 초만은 버텨 달라고.

퍼억!

"크헉……!"

"아버님!!"

하지만 그 바람은 허무하게 꺾이고 말았다. 터져 나온 비명 소리는 다들 상상도 할 수 없었던 인물의 것이었다. 삼차 전에서 태오와 만난 것은 비공식적으로 천하제일의 경지에 가장 가까우며, 심지어 신룡전 연옥의 삼대 강자가 아니면 상대할 수 없다고 알려진 천년마교의 정통교주, 무황령!

무황령 또한 태오의 일초지적(一招之敵)을 벗어날 수가 없었다.

무황령이 자신의 모든 진신절학을 동원해서 방어에 나섰으나, 그 모든 게 헛수고라고 느껴지듯이 태오는 검조차 뽑지 않고 수도(手刀)로 일초지적에 성공한 것이다.

투웅!

무황령의 몸이 바닥에 한 차례 튕기는 광경은 차라리 거짓말 같았다.

천마공은 도저히 지금의 참사를 이해할 수가 없어서 눈을 부릅떴고, 협유곡주는 어이가 없어서 입을 벌렸다. 천년마교 최강의 무공이자 구성천에서도 최고의 강력함을 자랑하는 무상천마를 펼쳐 볼 틈도 없이 깨지는 일 같은 건 상상조차 해 본 적이 없었던 것이다.

그나마 다행인 건, 무황령은 의식이 남아 있었다는 점이다. 그게 남룡제와의 차이였다.

전신의 기력을 잃어버린 채로 바닥에 뻗어 있던 무황령은 힘겹게 입을 열었다.

"…… 크윽, 그, 그랬군…… 애초에…… 인간이 끼어들 자리는 없었던 거야…… 마지막 신룡전이라고 하는 이유를 알겠어……."

"……."

태오는 그저 불편한 표정으로 고개를 돌리고 있을 뿐이었다. 전대 천하제일인을 모욕하기 싫은 탓이었다.

"너와 사호의 대결 외에는 의미가 없구나……."

풀썩.

무황령은 그 말을 끝으로 기절했다.

그러나 누구도 그 모습을 추하다고 생각하지 않았다. 아예 격이 다르다는 걸 온몸으로 보여 주고 있었다. 그리고 사호와 태오의 대결로 모든 게 결판난다는 말이 이해가 되었다.

다음 사호의 상대는 구성천에서도 뛰어난 무공을 지니고 있다고 알려진 축록경의 달인, 회천공이었으나 그는 고개를 저었다.

"기권하겠소."

[괜찮습니까?]

심판을 맡은 총관 유륵이 되물었지만 그는 단호하게 말했다. 회천공은 이미 형산파로 돌아가서 문파를 부흥시킬 생각으로 가득했다.

"나 이외에도 모두 기권하게 될 것이오. 나는 무황령이나 남룡제를 일 초 만에 쓰러뜨릴 힘도 기술도 없소. 그들과 싸우는 건 바보짓이오. 의미 없는 싸움을 해서 망신을 당하긴 싫소."

"뭐, 그러십시오."

"그럼 난 이만."

매우 일리 있고 합리적인 말이었다. 장내에 있는 자들 중에서 회천공을 욕하는 자는 아무도 없었다. 총관 유륵은 고개를 끄덕이며 말했다.

[그럼 지금부터 기권 신청을 받겠습니다. 반 시진 정도 휴식했다가 기권 신청이 끝나면 신룡전을 재개하겠습니다.]

우르르.

반 시진까지 기다릴 것도 없었다.

이 자리에 모인 자들은 다들 승부욕이 강렬하고 누구보

다도 신룡전에서 우승하겠다는 욕망이 강렬한 자들이었다. 그러나 시대의 무림을 상징하는 무황령과 남룡제가 일 초 만에 꺾인 지금, 너무나 압도적이고 현실적인 차이가 눈에 빤히 보였다. 공연히 망신을 당할 필요가 없다고 생각한 것이다.

협유곡주는 뭐가 마음에 안 드는지 투덜거렸다.

"제길…… 젠장할…… 살다살다 별일을 다 보겠군…… 어떻게 신룡전이 이렇게 흘러갈 수가 있지?"

협유곡주도 몇 번인가 신룡전을 관전한 적이 있었다. 하지만 그때마다 짜릿한 절대자들의 승부가 흥분을 가져다주었지, 이번처럼 압도적인 일격 승부가 나지는 않았다. 뭔가 짜고 치는 판에 말려든 것 같아서 기분이 불편했다.

"뭐, 마지막이니까 별의별 일이 다 일어나는 거죠."

"칫, 당신은 마음 편해서 좋겠군."

유륵과 잡담을 하던 협유곡주가 장난삼아 던진 말이었지만, 유륵은 의외로 예민하게 반응했다. 그는 처음으로 사나운 표정을 짓더니 경고하듯 말했다.

"나도, 할 수 있다면 계속 하고 싶었습니다. 그런 말은 하지 마십시오."

"……?"

"어차피, 곧 끝나겠지만."

잠시 후 여유 시간이 끝나고, 대진표가 재편성되었다.

그리고 모두가 예상했듯이 사호와 태오의 일대일 대결이 결승전으로 남았을 뿐이었다. 그들 이외에는 모조리 기권해 버린 것이다.

두 사람이 비무대에 올랐다. 이 싸움에서 이기는 자가 검성을 만날 수가 있었다. 비무대 위에서 사호는 이렇게 될 줄 알았다는 듯 태오에게 말했다.

"태오, 너도 영속(靈速)을 뛰어넘은 거지?"

웅성…….

영속이 무엇인가? 관중들은 그들의 말이 무슨 뜻인지 헤아리려고 머리를 굴렸다. 태오는 망설임 없이 대답했다.

"그렇소."

둘은 의외로 방금 전까지처럼 일초지적 공격을 하지 않았다.

서로에게 통하지 않는다는 걸 잘 알고 있는 듯했다. 모두가 숨을 죽이고 관전을 하고 있는 동안에 사호가 천천히 영속에 대해 설명을 했다.

"영혼과 의지와 같은, 혹은 그 이상으로 공격을 할 수 있는 공능…… 이 경지에 발을 들이미는 것만으로도 세간의 무공과는 차원이 달라지지. 무황령도 이 경지에 도달하지 못했으니, 아마 역사를 통틀어도 도달한 사람은 손에 꼽을 거야."

사람들은 사호가 무황령을 폄하한다고 생각하지 않았다.

말 그대로 듣도 보도 못한 경지인지라 귀를 기울여서 한 글자라도 더 새겨들으려고 하는 중이었다. 사호와 태오는 전대미문의 경지에 올라 있었다.

"영속을 넘어선 건, 정확히는 당신과 나를 포함해서 네 명뿐이었소."

사호가 호기심으로 눈을 반짝였다.

"헤에…… 누구누군데?"

"초대천마(初代天魔), 영왕수(靈王獸)."

듣고 있던 사람들은 뭔가 위화감을 느꼈다.

당연한 듯이 태오가 역사상의 고수를 꼽는 것도 이상했지만, 어째서 역대 최고의 고수인 검성이 거기에 속하지 않는 것일까? 그리고 저 괴물 같은 총관 유륵이나 부총관은 속하지 않는 건가? 의문을 뒤로 제쳐 두고 사호는 크게 고개를 끄덕였다.

"아무튼, 너도 나도 그 경지에서 두 단계쯤은 더욱 나아가 있지. 서로 후회가 없게 일 초(一招)로 승부를 짓자."

"두 단계라…… 겸손하시군."

"후후, 처음부터 그렇게 생각하지 않았니?"

"그다지."

"끝까지 고운 말이 안 나오는 녀석이네."

"아마도 후회는 없을 것이오."

스으으.

두 사람의 전신에서 기세는 전혀 피어오르지 않았다. 그저 검을 잡는 자세가 달라졌을 뿐이다.

태오는 살짝 상단세에 가까운 자세였고, 사호의 자세는 어깨칼로 정확하게 겨누는 자세가 되어 있었다. 초절정고수다운 뛰어난 기세나 기풍이 없었기에 다들 고개를 갸웃거렸다.

마치 동네의 삼류검사들이 대치하고 있는 것 같았다.

'사호…… 설마 벌써 신선지경을 초월했을 줄이야.'

하지만 이 자리에서 오직 태오만은 사호의 진정한 무위를 알아채고 감탄하고 말았다.

아니, 인간이 이렇게까지 강해질 수 있다는 경이에 가까웠다.

"설마…… 공상극멸광검(空想極滅光劍)이라니……."

그게 뭐지?

"헉!"

관중들이 무슨 말인지 몰라서 어리둥절해했지만, 오직 한 명 총관 유륵만큼은 안색이 변해 있었다. 그는 다급히 주변에 몰려 있던 신룡전 참가자 전원과 마인들에게 신룡일성을 전달했다.

[모두 도망치십시오. 곧 반경 이백 리 이내는 죽음의 땅이 될 겁니다.]

반경 이백 리!

말이 이백 리지, 협유곡을 포함해서 일대의 성(城)이 날아간다고 봐도 좋았다.

다들 강기를 폭발시켜서 십여 장을 날리는 정도는 간단히 할 수 있었지만, 설마 기술 한 번에 이백 리를 휩쓸 수 있다고는 생각지 못한 것이다.

하지만 총관 유륵이 허튼소리를 한 적은 백여 년간 단 한 번도 없었다. 다들 반신반의하면서도 재빨리 비무대 곁을 떠나기 시작했다. 사호는 사람들이 떠나기 시작하자 신기한 눈으로 유륵을 쳐다보았다.

"유륵 씨. 당신은 어떻게 이 기술의 위력을 알고 있는 거지? 나는 실전에서 써 보는 건 처음인데."

총관 유륵도 긴장하면서 눈치를 살폈다. 백여 년간 총관 유륵이 이렇게 긴장한 모습을 본 사람은 거의 없었다.

"그거야, 삼천세계를 통틀어서 그것보다 강한 기술은 열 개도 되지 않으니까요."

"……정말 당신은 알 수 없네요."

사호는 키득 웃더니 검형(劍形)을 변화시켰다.

그 순간, 태오는 시공간이 일그러지면서 상위 차원에서 사호의 공격이 무수히 날아드는 것을 느꼈다. 말 그대로 초시공간 검술이라고 할 수 있었다.

"……!!"

문제는 그것들 하나하나가 심검(心劍)이었으며 인과율을 왜곡시켜서 회피나 방어가 불가능한 지경이었다. 공격력 하나로만 치면 태오가 영왕수를 봉인할 때 사용했던 영겁의 람, 축퇴에 비해서 손색이 없었다.

또한 개수도 가히 인류를 멸망시킬 수도 있을 수준이었다. 오십억(億) 개를 넘는 심검이 날아오는 잔류 파동만으로도 태오는 전신이 일그러지는 기분이 들었다.

진작에 원영신을 완성시키지 않았다면 이미 죽어서 사라져 버렸을 것이다.

'크……'

차라리 영왕수를 상대할 때가 쉬웠다.

영왕수는 무한의 술법을 사용해서 적을 농락하길 좋아했지만, 사호의 공격은 삼천세계를 통틀어서 정공법으로 최상위의 위력을 자랑했다. 태오가 없었다면 고금제일의 초월자로 군림하기에 부족함이 없었다.

하지만 질 수가 없다. 최강의 적수가 눈앞에 있다면, 이

겨서 운명을 개척해야만 했다.

무혼십절(武魂十絕).
칠단계(七段階).
팔만사천(八萬四千).

'이것까지 쓰고 싶지는 않았다.'

태오는 지난 세월, 무혼 칠 단계를 얻기까지의 한(恨)을 생각해 보았다.

팔만사천이라고 한 말에는 태오가 마지막으로 생각해 낸 무극(武極)에의 길이 있다.

굳이 유명한 십팔 종 병기를 꼽지 않더라도 세상에는 수많은 무기가 존재한다. 태오는 영왕수의 기억을 통해, 무기술의 종류와 그 기본적인 연마법을 독파하면서 생각을 했다.

만류귀종(萬流歸宗)을 거슬러 내려간다면.

한 가지 무기에 통달하면 나머지 무기의 이치도 알게 된다. 그러나 그것은 무학의 흐름을 의미할 뿐, 진정으로 그 무기를 연마하면서 얻게 되는 무기의 마음[器心]을 알게 된다는 뜻은 아니다. 만류귀종은 허상에 불과하다고 생각한다.

한때 태오는 검으로 이룰 수 있는 궁극에 도달했다. 수련한 지 약 이천오백여 년이 지나서였다.

더 이상 파고드는 것은 불가능하다. 한계를 느끼고 포기한다기보다는, 더 이상은 검술(劍術)의 영역이 아니라 의념의 영역이기 때문이다. 검으로 펼칠 수 있는 모든 수법과 그에 담겨 있는 의미는 온전히 태오의 것이 되었다.

그래도 무극에 이르지 못했다면 이제는 다른 무기를 찾아서 연마하면 된다.

그 무기를 수련하고 또다시 궁극에 이른다. 그것을 반복하고 반복해서, 결국은 수천억 개의 투로(鬪路)를 얻게 된다. 그때 태오는 진정으로 투신(鬪神)이 되었다고 할 수 있으리라.

그렇다고 해서 일일이 무기를 들고 기본자세부터 다듬을 수는 없는 노릇이다. 태오가 기억에서 본 것만 해도 그 종류는 약 이천오백육십여 가지. 세상에 숨겨졌거나 개량된 형태까지 포함한다면 그 수는 오천 가지에 육박할 것이다.

그것 모두를 일일이 수련해서 극의를 얻는다는 것. 그것은 불가능해 보였다.

태오는 수련 중에 검의(劍意)를 떠올렸다.

쾌, 둔, 환, 변, 중, 패, 심, 연, 교, 사, 세…….

수많은 검의가 존재하지만 그것은 녹아서 하나가 되었

고, 다시 나누어졌다가 합쳐졌다. 그 뜻과 변화는 가히 무한에 가깝다. 태오는 그 모두를 온전히 자신의 지배하에 두었다고 말할 수가 있었다.

그러나 창을 든다면?

창으로 표현해 낼 수 있는 무기의 뜻도 궁극적으로는 검과 다를 바가 없을 것이다.

다만 궁극의 경지에서는 차이가 없다 할지라도 검과 완전히 같은 것은 아니다. 어쩌면 창에서만 알 수 있게 되는 무학의 경지가 존재할지도 모른다.

실제로 여러 가지의 병기를 수련한 자는 기존의 것과는 전혀 다른 절초와 무공을 만들어 내는 경우가 있다.

그 변화는 눈에 충분히 읽힐 정도이지만, 그렇다고 해서 태오가 처음부터 그걸 알고 있었다는 것은 아니다.

말 그대로 무한(無恨)인 것이다.

병기(兵機)의 마음을 얻는 방법이 팔만사천 가지.

그 병기로 펼쳐 낼 수 있는 수법이 팔만사천 가지.

그 모든 것을 합한 후에 다시 버리고 얻기 위해 팔만 사천의 수련을 하는 것.

이를 팔만사천이라 칭했다.

양신(陽身)이 태극이라면 진공에 합하는 것은 무극.

진정한 원영신(元靈身)을 이루고 나면 일만 년의 수명이 보장되겠으나, 그 길에 가장 가까운 태오로서도 과연 그 방법을 온전히 행할 수 있을지는 확신이 서지 않았다. 일만 년으로도 불가능하다고 생각되었다.

하지만 태오는 영락(靈洛)이 있었다. 인간이 살아온 세월의 흐름과 뜻을 순수한 빛과 소리로 받아들이는 힘이었다. 그리고 영왕수로서 세상 모든 무인(武人)들과 싸웠던 무수한 실전 경험을 받아들였다.

그 모든 것을 귀합(歸合)하는 게 바로 태오의 지난 사만 오천여 년 동안의 일이었다.

'이것이…… 나의 인간으로서의 마지막 싸움일 것이다.'

태오는 눈물을 감출 수가 없었다.

지난 억겁의 세월이 너무나 서럽고, 괴롭고, 힘들었지만 자신의 운명은 눈앞을 향해 무한히 달려 나가고 있었다. 하지만 운명이란 게 존재한다면 결국 자신의 손아귀에 있을 거라고 믿고 있을 뿐이다!

7.
영겁회귀(永劫回歸)

무혼십절(武魂十絕).

팔단계(八段階).

진무성천(眞武聖天).

변화가 시작되었다.

검이 천천히 육합의 도형을 그리기 시작했다.

그것은 검무(劍舞)였다.

검끝에 삶을 닮고 검끝에 죽음을 그린다.

한 동작 한 동작에 고뇌, 번뇌, 행복, 철학, 삶, 죽음, 인간, 세계…… 모든 것이 그려지고 있었다.

태오의 검은 이미 형식와 무형식, 초식과 무초라는 것을 벗어나 있었다.

생각하는 순간 이미 그것은 무당파의 양의무극검법(兩義無極劍法)이었으며 혈령곡의 혈천십이검(血天十二劍)이기도 했다. 혹은 천하삼십육검(天下三十六劍)이었으며 천마삼검식(天魔三劍式), 칠검팔도(七劍八刀)였다.

떨쳐 내는 검극에 강호 유수에, 천지무림의 역사상에 존재했던 검학(劍學)이 잔잔한 대하(大河)가 되어서 담겨 나왔다.

이미, 그것은—

무림(武林)의 검(劍). 그 역사(歷史)의 총화(總華)에 다름 아니었다.

수천, 수만, 수억, 강호를 제패했던 절대적인 검법에서부터 이름 없는 은거기인의 검, 세외에서 끊임없이 연구되었던 검, 복수를 위해 갈고닦은 검, 소중한 이를 지키기 위해 만들어진 검, 정의를 갈구하기 위해 추구된 검, 어디가 종말일지 모르는 무의 극한을 보기 위해서 사람을 괴롭게 한 검, 천하중생을 평안케 하기 위해 악을 베기 위하여 만들어진 검, 오직 스스로를 위하여 사용된 검, 삼류무사의 이름 없는 검…….

그 모든 것이 한 초식에서 뻗어 나갔다.

갈구한다.

검객(劍客)이 추구하는 최고이자 최후의 경지가 바로 그 곳에 존재하고 있었다. 천지(天地) 아래 모든 검의 진경이 있었다. 닿을 듯 닿지 않으며, 지난 천 년을 속죄와 눈물로 가득하게 만들었다.

이것은 그에 대한 분노이다.

엉성해진다.

흐트러진다.

부스러진다.

사라진다.

면면히 이어지지 않고 어느 순간 끊어진다. 지독한 부조화(不造化)가 나타난다. 무한히 자유롭고 고색창연하던 불멸의 검학이, 한 순간에 타락하여 사라지고 있었다.

무극조차 넘어선, 파천황(破天荒).

완벽하게. 그야말로 완벽하게 사라지고, 어그러지고, 부서지고, 부정당하기 시작했다. 그리고 남은 것은 차라리 대

혼돈(大混沌).

그 혼돈 속에서 다시금 하나의 검(劍)이 초연(超然)하였다.

검(劍)은 혼돈의 우주(宇宙) 속에서 오로지 고독하게 빛나고 있었다.

그것은 오만했다.

천지 아래 자신 이외의 어떠한 존재도 인정하지 않는 위압감을 지니고 있었다.

팔만사천으로 얻어 낼 수 있는 최종의 검학(劍學). 우주의 법리(法理).

"진무(眞武)."

삶과 죽음이 사라진 것은 바로 그 순간이었다.

전신이 미친 듯이 떨린다. 파괴될 것처럼 세포가 맥동하고 회로가 어그러진다. 동시에 천지 아래 내가 서 있는 곳만 서광이 비치며 빛의 기둥이 포효했다.

태오의 검이 천지와 하나가 되면서 찢어발긴다.

태오는 하늘을 향해 손가락을 뻗었다.

이를 악문다.

이것만 넘긴다면 팔황육합유아독존(八荒六合維我獨存)에 이른다.

바로 그때가 진정한 무혼(武魂)을 이루는 것이다.

오오오오오—

천지가 열린다. 동시에 세상에서 가장 완벽한 방어였던 태오의 원영신이 갈기갈기 찢어진다.

한 번 부숴지지 않으면 결코 온전한 하나를 이루지 못하는 법.

전신의 혈맥이 터지고 단전조차 일그러진다. 전신에서 터져 나온 피안개가 붉은 빛을 토해 내었다.

태오는 그 찰나의 순간에 희미하게 눈을 떴다.

……그는 죽었다.

생로병사를 막지 못하는 그냥 인간일 수밖에 없었다는 증거가 중요한 것이 아니다. 그 위대함은, 그가 성도하여 부처가 되었다는 것이다.

그는 생로병사의 비밀을 알기 위해 고행을 했다. 결국 그는 영원히 죽지 않는 방법을 깨달았다.

그는 죽었다.

부처를 만나려면 부처를 죽이라고 했다.

바로 이 부처를 죽이라고 하는 것이다.

그의 법신(法神)은 죽지 않고 과거, 현재, 미래에도 영원히 존재한다.

'내 운명은…… 마음에 달려 있다.'

죽음이 전신을 스치고 지나갔다.

한 번 죽음을 느끼게 되자 다음부터는 나락이 펼쳐진다.

그 나락은 깊고 어두워서 인간의 힘으로는 빠져나올 수 없을 것이다. 태오는 자신의 모든 자만심과 자기애를 버린 채로 세계 그 자체의 뜻에 순응하기로 했다.

세계가 나를 죽이고자 하면 지금 죽일 것이다.

그렇지 않다면 나는 살아날 것이다.

파아아앗—

아직까지 깨닫지 못한 진무의 경지에 도달한 대가로 전신이 조각조각나려는 순간, 전신을 새하얀 연꽃이 뒤덮었다. 그 연꽃 하나하나는 태오의 세포가 되고 피가 되고 살이 된다. 태오가 다시 눈을 떴을 때, 태오의 몸은 이미 원영신조차도 초월해 있었다.

무혼십절(武魂十絕).

구단계(九段階).

영겁회귀(永劫回歸)의 춤.

소리와 빛과 이념, 철학, 생명, 죽음, 모든 것이 천천히 혼돈 속으로 빨려 들어갔다.

눈에 보이는 현상으로는 설명할 수 없는 초월의 세계, 그 이상이었다. 모든 것이 무한히 되풀이 된다는 것이다.

모든 것이 영원히 반복된다는 것을 인지하고, 이것을 자신의 의지로 선택한 것으로 인식하는 것. 그것이 바로 구단계, 모든 것을 무화(無化)시키는 영겁회귀의 춤이었다.

삼천세계에 존재하는 무(武)의 의지를 무화시키는 이상, 이 경지는 무적이라고밖에 할 수 없었다.

영겁회귀의 춤이 펼쳐지는 순간, 형이상학적인 세계에서 사호의 공상극멸광검은 송두리째 사라지고 말았다.

절대무효화(絕對無效化).

신(神)이나 창조주조차도 없애 버릴 수 있는 궁극의 힘.

사호의 검 또한 인과율 째로 사라지고 말았다.

오로지 사호와 나만이 그녀에게 검이 있었다는 사실을 인지하고 있었다. 사호는 아무것도 없이 비어 버린 폐허 위에서 조용히 나를 바라보고 있었다.

그녀와 나는 아무런 말도 없이 한참 동안을 응시했다. 사호가 갑자기 웃었다.

"사호는, 만족했어."

"……."

나는 다행이라고 말해 주고 싶었다.

그러나 이미 삼천세계와 통해 버려서 나 자신이 일종의 개념(槪念)처럼 변해 가는 상태에서 점차 인간성은 말살되어 가고 있었다.

수십만 년 이상 단련해 온 의지력으로 버티고 있을 뿐, 이미 내 정신은 일종의 무기질 덩어리처럼 변해 가고 있었다.

사호는 마치 세월의 풍상을 느끼듯이 허공에 손을 저었다.

"고마워."

맑은 웃음에 죄책감은 더할 수 없이 미어진다.

이어진 말에, 나는 마지막 힘을 다해서 눈을 질끈 감고 말았다.

"검성(劍聖)……."

파스스스.

말이 끝나자 사호의 전신은 마치 모래처럼 변해서 사라

져 버렸다.

그러나 그녀의 죽음을 슬퍼할 사람은 아무도 없었다. 물리적인 붕괴가 아니라 그녀가 존재했었다는 흔적이 인과율째로 지워져 버리기 때문이다.

“……”

이래서 쓰고 싶지 않았다. 아무에게도 기억되지 못하는 상태로 사라지게 만드는, 궁극의 소멸.

어렴풋이 깨달았고, 내가 쓸 수 있을 거라고 생각했지만 결코 쓰고 싶지 않았다.

하지만 그녀를 꺾지 않으면 나는 앞으로 나아갈 수가 없었다.

그건 너무나, 태오로서는 차마 선택할 수 없는 선택지였다. 계속해서 흘렸던 눈물 속에서 그녀에 대한 체념이 깃들어 있었기에 나 자신이 너무나 비겁하게 느껴졌다.

저벅.

저벅.

총관 유륵이 어디선가 꿇어앉아 있는 내게로 걸어왔다.

그는 더 이상 웃지도, 비파를 뜯지도 않았다. 대신에 살아 있는 육성으로 내게 처음으로 진실 된 목소리를 냈다.

“이제 알겠지? 그는 어디에도 있고 어디에도 없다. 영왕수를 제외한 이 세상 누구도 검성을 찾을 수는 없다…… 라고 말했던 의미를."

동질감이 느껴진다. 이 동질감의 이유도 뻔하다.

"……알고 있다."

"왜지? 너는 누구인지 알고 있는가?"

유륵의 질문은 반드시 대답해야 하는 것이었다.

나는 차분하게 자리에서 일어섰다. 나는 움푹한 눈으로 하늘을 쳐다보았다.

"내가 검성(劍聖)이다."

* * *

나는 검성이다.

처음으로 이상함을 깨달았던 건 사만육천 배의 수련에서, 왜 내가 미치지 않는가였다. 실제로 미쳐서 가만히 있는 시간도 있었지만, 사실 아무리 복원력이 강해져도 인체의 한계는 존재했다.

완전히 미쳐 버려서 죽어야 정상이었는데 시공의 복원력이라는 이유만으로 생존하는 건 있을 수 없는 일이었다.

그 이후에도 일천 년, 이천 년, 삼천 년씩 계속해서 무지막지한 세월의 흐름이 흘러가는 동안에 나는 미치지 않았다. 도리어 점차 정신이 말짱해지면서 무학을 연구하는 열정이 더욱 강해져만 갔다.

마침내 일만 년을 넘기고, 까마득한 세월 속에서 한 점의 흐트러짐 없이 무극(武極)을 향해 정진하고 있는 나 자신을 발견하자 끝없는 공포가 느껴졌다.

나는 대체 누구인가?

대체 나는 뭐 하는 놈이길래 이토록 망설임 없이 앞으로 나아갈 수 있는가?

정상이 아니었다.

나는 고민하고 고민했지만, 이윽고 내가 한때 영왕수였기 때문이란 걸 알 수 있었다. 영왕수는 반복되고 또 반복되는 무한의 시간에 최적화된 정신력을 보유하고 있었기 때문에 인위적으로 만들어진 정신의 사막에는 최적의 내성을 지니고 있었다.

그리고 결정적으로 내 경지가 높아지면 높아질수록, 필설로 형용할 수 없는 '세계의 흐름'이 느껴졌다. 모든 흐름은 '나'에서 시작해서 '나'로 끝났다. 다른 모든 물체는 모두 다른 연결고리를 지니고 있는데 이상한 일이었다.

마침내 무공을 연구하고 연구해서 원영신을 이루고 난 후에야, 나는 깨달을 수 있었다.

모든 시간은 연결되어 있다.

마치 꼬리를 먹는 뱀처럼.

이 길의 끝을 가다 보면 결국 단 하나의 검로[千年劍路]가 될 것이다.

수만 년 동안 연구한 결과로는 틀림없었다. 그리고 무학의 경지가 높아질수록 시공간은 타원형으로 변하고, 점차 작아져서, 의지대로 조작할 수 있는 것으로 변했다. 영왕수처럼 탈혼경에 의존하지 않아도 자유자재로 시간 축을 넘나드는 게 가능해지는 것이다.

그리고 나는 영왕수의 기억 속에서 검성과의 전투 기록을 찾아낸 후에 더할 수 없는 절망에 빠졌다. 너무나 익숙한 얼굴이 보였기 때문이다.

검성의 얼굴은 나와 같았다.

태오가 바로 검성이다.

동시에 영왕수 또한 검성이다.

이 무슨 모순(矛盾)인가.

영왕수와 환룡이 기억을 잃고 내팽개쳐진 이유도 알 수 있었다. 영왕수는 검성의 과거이기 때문에, 죽이거나 소멸시켜 버리면 검성 자체가 사라져 버린다.

그렇기 때문에 한순간에 천년검로를 밟아 간 검성은 시간 축을 이동해서 악의 근원인 영왕수를 때려눕히고도, 삭초제근(削草除根)을 하지 못했던 것이다.

그건 그저 기억을 지우는 걸로 메우는 수밖에 없었던 것이다. 결코 호적수를 살려 두는 행위가 아니었다.

검성은 또 다른 시간축의 영왕수이자 태오였다. 몇 백 번이고 시공을 되돌리며 혼돈의 광기에 빠져 살던 영왕수가, 극히 미미한 확률로 무심(武心)에 눈을 떠서 선한 존재로 되돌아 온 예시였다.

다시 말하자면 평행세계(平行世界)의 존재였다.

나는 검성이 우왕좌왕하며 무(武)와 협(俠) 사이에서 갈등했던 이유도 알 수 있었다.

불완전한 정신을 지니고 있던 영왕수였기에 정의가 무엇인지 결정을 내리지 못한 것이다. 그 결과 영왕수가 검성이라는 비밀을 극소수의 인물에게 알리며, 어떻게 하면 이 모순을 해결할 수 있을지를 의논했다.

해답은 간단했다.

영왕수에게서 인위적으로 분리시킨 영혼이 자립(自立)하여 또 다른 검성(劍聖)의 길을 걷도록 하는 것이다. 시간의 모순은 그렇게 해결되고, 영왕수의 손으로 영왕수를 없애도 아무런 이상 없이 탈혼경이 영원토록 봉인(封印)될 수 있는 것이다.

"……"

진실은 잔혹하다.

나는 약간 흐려진 눈으로 눈앞의 총관, 유륵을 바라보았다. 그리고 어느 샌가 유륵 옆에 나타나 있는 신룡전의 부총관도 바라보았다.

"너희의 정체를 이제야 알겠어."

"하하, 그동안 내내 너를 모르는 척 하느라 혼났다."

유륵이 피식 웃었다.

그의 영혼과의 동질성(同質性)을 확인하자 너무나 익숙한 그리움이 느껴졌다. 어째서 이걸 그동안 몰랐는지 의심이 들 정도였다.

"유륵……. 너는 영왕수의 '미래' 중 하나. 그리고 부총관, 너는 영왕수의 '과거'의 인격을 구현한 모습. 그렇기 때문에…… 모든 걸 알고 있고…… 모든 걸 미래로 이끌 수 있었던 것이다."

내 주장에 그들은 고개를 끄덕이며 긍정했다.

"그래. 우리는 모두 '영왕수'이면서 '검성'이다."

유륵은 전에 없이 처연한 웃음을 지었다.

그는 아마 영왕수의 사악함이 없지만, 그렇다고 검성의

길을 걷지도 않은 채로 분화된 '태오' 일 것이다.

그렇기 때문에 한없이 중립적인 상태에서 계획을 주도할 수가 있었다.

그리고 옆에 있던 부총관은 약간 화가 난 표정을 지으며 말했다.

"네 녀석은 너무 내숭을 떨어서 싫다. 원하는 걸 얻고, 싫은 놈은 때려 부수고…… 그것 또한 영왕수의 본질 아니었나? 같이 놀기 힘들어서 싫었어."

"그래서 계획을 도중에 방해한 거냐?"

"뭐, 다 끝났으니까 잊어 줘."

"……."

슈르르륵.

서서히 눈앞의 총관과 부총관이 사라지는 게 느껴졌다. 이제 할 일을 다 했으니, 검성의 힘으로 시간 축을 넘어서 빼내 온 존재들은 소멸할 때가 된 것이다. 어찌 보면 분신보다도 더 분신 같은…… 업(業)같은 존재들이라서 필연이기도 했다.

"하고 싶은 말이 있다."

"해 봐. 어차피 거울에 대고 말하는 거나 다름없으니까 독백이 될 거다."

태오는 잠시 망설이다가 말을 이었다.

"사호에게는 미안하게 생각해. 그녀는 백극(百極)의 재능을 지닌 존재였기에…… 어쩌면 너보다 더욱 검성에 어울리는 존재일지도 몰랐다. 그래서 나는 그녀를 최선을 다해 가르쳤다. 네가 마지막에 그녀에게 패배했다면 우리 모두가 소멸하고 그녀가 검성의 자리에 올랐겠지."

"그랬을지도."

백극의 재능이라는 건 천인일재 따위와 비교할 수가 없다.

그녀의 재능은 수천만 개의 세계를 뒤져 봐도 하나 나올까 말까 하는 수준이었다. 어쩌면 진정한 검성이라고 불릴 존재는 그녀일지도 모른다. 새삼 죄책감이 휘몰아쳤다.

"하지만 이 세계는 삼천세계의 무예의 극에 도달할 존재로 너를 선택했다. 방금 전 너와 사호의 대결은 실력 차이가 아니라 세계의 의지였다고 본다."

유륵이 잔잔한 목소리로 말했다.

"검성(劍聖)으로 변한 영왕수가 앞으로 어떤 존재가 될지는 그 누구도 몰라. 너 스스로도 알 수 없지. 왜냐하면 영겁회귀의 춤을 얻은 순간부터 너는 창조신조차 뛰어넘는, 그래, 삼천세계(三千世界) 무혼(武魂)의 의지(意志) 그 자체가 된 거나 마찬가지다."

"……."

나는 대답하지 않았다.

영겁회귀의 춤을 출 때, 나는 무량대수를 넘어서는 세계 하나하나가 모래알처럼 느껴졌다. 보통 신위(神位)를 지닌 존재 따위는 내 발끝에도 미치지 못했다.

"스스로의 운명마저 완결시켰다면, 이제는 부처나 신조차도 네 운명에 간섭할 수가 없다. 모든 세계에서 영겁토록 무를 추구하는 자유인이 된 것이지."

"나는 원하지 않았어."

세상에 그런 자리를 원하는 놈이 어디 있단 말인가? 보기에는 좋아 보이지만, 어차피 인간(人間)으로서의 죽음을 의미하는 셈이었다. 내 항변에 유륵이 피식 웃었다.

"정말 그렇게 생각하나? 그러면 최초의 검성과, 운명(運命)을 완결시킨 너, 태오의 무혼십절(武魂十絕)은 완전히 동일해야 해. 그러나 너도 알다시피 최초의 검성과 너는 이제 다른 존재가 되어 버렸지. 시간 축을 넘을 수도 없을 정도로 '안'과 '밖'이 되어 버렸다. 이건 전부, 너 스스로의 의지야."

"……."

할 말이 없다. 모든 걸 깨달은 지금이기 때문에 섣불리 변명조차 할 수 없었다.

왜냐하면 유륵의 말에 저항하는 것은 궁극의 자기부정이

기 때문이다. 내가 입을 꾹 다물고 있자, 그는 조용히 비파를 뜯었다.

"나, 유륵은 검성(劍聖)의 화신(化身). 내가 늘 비파를 뜯고 놀러 다녔던 건, 너의 '놀고 싶다'는 의지를 대리해 준 것뿐이야. 모든 번뇌와 상념에서 벗어나서 일상(日常)을 즐기는 강호의 기인(奇人)으로 머물고 싶다는 심리였지. 네가 만일에 강호무림의 지존(至尊)을 원했다면, 나는 분명히 그 자리에 있었을 거야."

총관 유륵은 내 마음의 대리인이다.

어차피 검성의 힘을 지니고 있으므로 무슨 일이든 할 수 있었다. 그가 자유자재로 돌아다니는 방랑 악사로 존재했던 이유는…… 강호에서 일탈해서 편하게 지내고 싶다는 욕구의 발현이었다.

나는 침묵하다가 말했다.

"이제 나는 뭘 해야 하지?"

"딱히 아무것도."

유륵의 대답은 예상했던 것이기에 나는 계속해서 독백했다. 가슴속에 물소리가 울리고, 격랑과 슬픔이 휘몰아쳤다.

"……계속해서 나는 무(武)의 궁극을 추구하게 될 거야. 시간을 되돌리며 역사를 장악하던 영왕수의 힘을 모두 손에 넣었으니 누구도 나를 막을 수 없겠지만…… 단지 존재하는 것이 존재하는 이유라면, 그건 대체 무슨 의미가 있는 거지?"

나는 처음 이 진실을 깨달았을 때부터 품었던 의문을 토해 냈다.

어차피 나는 곧 인간의 정체성을 잃고 무극을 추구하는 방향성(方向性)으로 변해 버릴 것이다. 그때가 되면 고통도 슬픔도 괴로움도 없다. 하지만 그건 존재해야 하기 때문에 존재할 뿐이다.

과연 그걸 '삶'이라고 할 수 있는 건가?

돌멩이나 바람, 자연물과 다를 바가 없는 게 아닐까?

스스스스…….

어느새 유륵의 몸은 반쯤 사라져 있었다. 그는 반쯤 묘한 표정으로 나를 바라보다가 조용히 볼을 쓰다듬었다.

"검성(劍聖)."

이제 그는 나를 검성이라고 칭하기 시작했다.

"이 세상이 무협 소설이라면…… 너는 주인공으로는 한없이 부적합한 존재다. 결국 처음부터 끝까지 '자기'가 '자신'이라는 걸 증명하는 것밖에는 하지 않았으니까. 이제 궁극의 힘을 손에 넣은 지금, 네가 앞으로 무엇을 할지 궁금해하는 독자는 거의 존재하지 않겠지. 그 과정까지만 볼 만하니까."

"……그렇겠지."

비유일 뿐이지만, 그렇다고 생각하니까 섬뜩하고 서글퍼졌다. 내가 어깨를 약간 늘어뜨리자 유륵이 씨익 웃었다.

"하지만 그건 그것대로 좋아. 어차피 그것 또한 네 삶이다. 살아가는 데 의미가 없다면…… 그것 나름대로 좋은 거다. 일일이 의미를 부여하지 않아도 이건 검성이 싸워 나가는 이야기[劍聖戰]인 것이다."

그런가.

나는 유륵을 쳐다보았다. 계속해서 미심쩍고, 방해하는 것 같고, 짜증나던 녀석이지만, 그 또한 '나' 자신이었다는 걸 알게 되자 웃음이 나왔다.

결국 모든 게 하나가 될 거라면 즐길 수밖에 없는 셈이었다.

"그럼, 안녕."

파앗!

유륵과 부총관이 모두 사라졌다.

"……."

이로써 강호에는 검성, 영왕수, 검성전, 연옥이라고 하는 것들이 모두 사라지게 되었다. 나와 사호의 마지막 결투는 강호의 전설이 되어서 최후의 검성전으로 회자될 것이다.

이로써 하나의 무협 소설이란 게 완결되었다고 생각하니

허망하기도 했다.

*　　*　　*

우우우―

유극문의 제자이자, 검성천룡전까지 올라간 초절정고수 낙무. 그는 십 년이라는 짧은 시간 동안에 일개 무부(武夫)에서 강호의 명인까지 위치가 올라갔다.

거기에다가 간접적으로 북해빙공의 무공을 이어받아서 현빙검결(玄氷劍決)까지 대성하게 되자, 그는 대번에 유극문의 차기 장문인감이 되었다.

원래라면 사호와 세 장로가 있어서 어림도 없는 일이었으나, 사호가 검성전 이후에 실종되고 장로들 또한 어디론가 사라져 버렸다. 사호는 태오와의 대결에서 패배했기 때문이었고, 장로들은 신룡전의 제약이 풀려서 자신의 삶을 살기 위해 떠난 것이었지만, 세간의 사람들은 그런 자세한 사정을 알지 못했다.

결국 남아 있던 유극문의 제자들은 실력으로 보아서 낙무야말로 임시 유극문주로 옳다고 여겼다.

검성전에서 높은 성적을 거두었을 뿐만 아니라 문주가 부재하는 상황이 오래가면 좋지 않기 때문이었다. 사호나 장로들이 돌아오면 그때가지 문주직을 양도하는 것으로 다들 합의하게 되었다.

그러나 정작 낙무는 유극문주란 자리에 별로 욕심이 없었다.

왜냐하면 그는 태오의 무위를 직접 겪은 당사자였고, 세 장로들이 실종된 이유 또한 알고 있기 때문이었다. 그의 사부인 채은 장로는 고향인 북해빙궁으로 돌아가기 전에 신룡전의 진실을 모두 알려 주었고, 낙무는 태오의 마지막 모습을 전해 듣고 허탈해졌다.

우우우우―

북해빙공의 절정신공이 낙무의 몸 안에서 휘돌았다. 대주천을 연성하는 동안에 낙무는 복잡한 감정을 숨기지 못했다. 운공 중에는 치명적이었지만 어쩔 수가 없었다.

'태오. 너는 정말 그걸로 족한 것이냐? 무신(武神)의 경지에 올라서 세상을 깔아 보며 은둔하는 것으로 족하다는 것인가? 나는…… 무엇 때문에 네 뒤를 쫓아가려고 한 건가.'

실망감이나 분노가 아니었다. 그저 허탈감밖에 느껴지지 않았다.

태오의 행보를 알아갈수록 그가 끌어안았던 고뇌와 역경을 고스란히 알 수 있었다.

낙무 또한 지옥 같은 수련을 겪어 왔지만 역시 태오에 비할 바는 되지 않았다. 다시 한 번 가슴을 열고 전력으로 부딪히면 속 시원해질 거라고 느꼈지만, 태오의 발끝에도 못 따라가니 불가능했다.

이윽고 운공이 끝나자 낙무는 자리에서 일어섰다. 그리고 중얼거렸다.

“역시 유극문주 따위는 별로 마음에 들지 않아. 혼자서 무(武)를 수련하는 편이 좋겠다.”

그때였다.

“그전에 이야기 좀 합시다, 낙무 사형.”

의문의 목소리. 하지만 너무나 잘 알고 있는 목소리.

“……!!”

낙무는 반사적으로 운공실 뒤편을 돌아보았다.

거기에는 언제나와 같이 뚱한 표정을 짓고 있는 소년, 태오가 서 있었다. 낙무는 자신이 환영을 보는가 싶어서 눈을 끔벅였지만, 역시 가짜가 아니었다.

그는 잠시 입을 달싹거리다가 말했다.

“태오. 네가 신룡전에서 우승한 거냐?”

“그렇소. 그리고 내가 검성전을 없앴소.”

낙무는 자신이 사호의 생사를 물을 필요가 없다는 걸 깨달았다.

듣던 대로의 결투라면 패배한 자는 결코 살아남을 수 없었을 것이다. 잠시 처연한 표정을 짓던 낙무가 되물었다.

"왜?"

"내가 검성이니까."

"……!!"

낙무는 눈을 부릅떴지만 차마 그 말이 거짓이나 허세라고 부정하지 못했다.

왜냐하면 태오의 무위는 진짜로 검성이라는 칭호를 납득하게 할 수 있는 무언가가 있었기 때문이다. 인간의 무공이라면 운공실에 낙무의 이목을 모조리 속이고 유령처럼 출현할 수가 없다. 그리고 무황령이나 남룡제를 일격에 쓰러뜨리지도 못한다.

낙무가 꿀 먹은 벙어리처럼 한참이나 침묵하고 있자 태오가 말했다.

"오늘 사형을 찾아온 것은 한 가지 선물과 한 가지 부탁이 있어서요."

"말해 봐라."

"선물은, 오늘 하루 동안 사형에게 검성으로서 깨달음을 주러 왔소. 다음 날 자시(子時)가 되면 나는 떠날 테지만, 낙무 사형은 내일부터는 강호의 거대한 축으로서 균형을 맞추는 역할을 맡게 될 것이오."

"……!!"

들은 적이 있다.

천룡대공도 그렇고, 신룡전에서 우승한 자는 검성에게 하루간 가르침을 받아서 천하에서 손꼽히는 경지에 이르게 된다.

태오의 말이 사실이라면 낙무는 아마 천하의 절대자들과 곧 어깨를 나란히 할 수 있을 것이다. 낙무가 침을 꿀꺽 삼킬 때 태오가 말을 이었다.

"다른 하나의 부탁은, 낙무 사형이 모든 걸 전수할 제자에게만 이 책을 전달해 달라는 것이오."

스읔.

태오가 내민 책을 낙무는 두 손으로 받았다.

책의 이름은 천년검로(千年劍路)였다. 알 수 없는 제목이라서 고개를 갸우뚱했지만 안의 내용은 무공비급이라기보다는 이야기 집 같았다. 태오가 말했다.

"모든 유극문의 제자 중에서 '인간' 태오를 똑바로 봐 주고, 똑바로 도전해 주었던 '노력'의 상징은 낙무 사형뿐이었소. 이 책은 무한의 세월에 걸쳐서 단 하나의 절대검로를 찾아가는 어떤 사내의 이야기이니, 잊혀지지 않는 무혼(武魂)의 증거로 남겨 주길 부탁드리겠소."

"……그렇군. 알겠네."

낙무는 '부탁'이 결코 절세기연 같은 게 아니란 걸 알 수 있었다.

세월의 풍상 때문에 유극문은 많이 달라졌지만, 이 〈천년검로〉라는 책은 그들의 인연을 상징했다.

사호, 알타리, 태오, 성구몽, 태월하, 채은…… 많은 사람들이 짧은 시간 동안에 만나고 사라져 갔다. 그 인연을 보존해 주는 증거물을 받은 것이다.

낙무는 이상한 점을 질문했다.

"부탁은 그렇다 치고, '선물'은 이해가 되지 않는군. 나는 신룡전에서 우승하지 못했는데, 태오 네가 정말로 검성이라면 어째서 내게 하루 동안 전수를 해 주는 것이냐?"

"그렇소. 원래는 있을 수 없는 일이지만……."

태오는 말을 멈췄다. 무언가를 한참이나 골똘히 생각하다가 무겁게 말을 이었다.

"……사호에 대한 속죄라고 생각해 주시오."

그날 이후, 삼 년 동안 유극문(有極門)은 문주인 빙천신검(氷天神劍) 낙무를 정점으로 해서 엄청난 번창을 이뤄 냈다.

심지어 화산파마저도 짓누를 정도가 된 유극문은 강호 어디에도 꿀리지 않는 거대 세력이 되었다. 그러나 낙무가 살아 있는 동안에는 한결 같이 의(義)와 협(俠)을 지키도록 해서, 유극문이야말로 강호정의의 수호자로 불렸다.

*　*　*

태오(太烏).

검은 까마귀.

생각해 보면 그 촌농민의 아들 이름은…… 모든 운명(運命)을 상징하고 있었던 게 아니었을까.

운명 지어진 시간 속에서도 자신의 정체성을 고민하며 비상(飛上)하는 검은 까마귀, 그것은 처음부터 태오의 이야기를 암시하고 있었던 게 아닐까?

나는 인적 없는 곳에서 앞으로의 일천 년 동안 수련할 일을 생각하며 쓴 웃음을 지었다.

"아직 끝나지 않은 건 하나 있지."

세상의 우환거리를 완전히 없애는 것. 그것이 바로 삼천세계의 진정한 무신(武神), 검성(劍聖)의 사명이다.

스으…….

나는 의지를 뻗어서 머나먼 차원을 꿰뚫었다. 그리고 탈혼경(奪魂經)에 숨어 있던 환룡(幻龍)의 실체는 단숨에 의지의 칼날에 동강나고 말았다.

푸콱!

환룡의 실체는 이차원에 숨어 있는 대륙만 한 크기의 거룡(巨龍)이었다.

둔저와 마찬가지로 역사 속에 숨어서 관조하던 자, 환룡이 소멸하면서 외치는 비명이 귓전에 들려왔다.

[네놈들, 네놈들은! 끝까지 나를 속였어!! 이럴 줄 알았다면, 그냥 소멸시키는 거였는데! 크아아아아악!! 영왕의 의지가……!!]

그는 끝까지 탈혼경에 놀아난 것이다.

파각!

"……구세대의 망령이 모두 사라졌군."

손을 털고 천천히 폐허를 걸어 나갔다.

이제 검성가와의 인연은 끝났다. 같은 혈연이니 예화와 결혼하는 건 있을 수가 없는 일이고, 인간으로서의 삶도 얼마 남지 않았다. 이제 내게 남은 일은 새로운 검성(劍聖)으로서 살아 나가는 것뿐이다.

나는 강호의 평화를 지킬 필요가 없다. 누군가를 위해서 싸울 필요도 없다. 그저 아무 이유도 생각도 없이 살아 나가며, 지금까지 하던 것처럼 수만 년이고 수억 년이고 계속해서 무극(武極)을 추구하는 것뿐이다.

한 가지 아쉬움은, 결국 나는 아직 한 번도 천년검로(千年劍路)에 제대로 도달한 적이 없었다는 것이다.

이전의 검성이 사용한 것도 결국 구 단계의 무혼에 불과했다. 무한의 세월 동안 추구하며 도달하는 단 하나의 절대적인 검로, 그것은 과연 존재하는 것일까?

천년검로라는 책을 낙무에게 전달한 것도 어쩌면…… 십단계의 무혼은 나와 같은 절대자가 아니라 인간의 힘으로 이루게 되지 않을까 하는 가능성에 투자한 것이다.

지금에 와서도 여전히 인생은 모험이다.

'어쩔 수 없지.'

나는 계속해서 불행해져 가고 있다고 생각하며 중얼거렸다.

"이 이야기를, 소설(小說)로 남겨 볼까."

유륵의 말에서 불현듯 떠오른 생각이다. 소설을 쓴다고 해서 내가 주인공이 될 리는 없겠지만, 그 누구도 재미있게 보지는 않겠지만…… 마지막으로 내가 인간 태오로서 살아갔던 이야기를 남기고 싶다.

제목은…… 검성전(劍聖戰)으로 하자.

지금까지 싸워 왔고, 앞으로도 싸워 나갈 불행한 검성의 이야기.

〈검성전 完〉

1판 1쇄 찍음 2014년 8월 18일
1판 1쇄 펴냄 2014년 8월 21일

지은이 | 환 유
펴낸이 | 정 필
펴낸곳 | 도서출판 **뿔미디어**

편집장 | 이재권
기획 · 편집 | 윤영상

출판등록 | 2002년 9월 11일 (제1081-1-132호)
주소 | 부천시 원미구 상3동 533-3 아트프라자 503호 (우)420-861
전화 | 032)651-6513 / 팩스 032)651-6094
E-mail | bbulmedia@hanmail.net

값 8,000원

ISBN 979-11-315-3408-3 04810
ISBN 978-89-6775-391-7 04810 (세트)

※파본은 구입하신 서점에서 교환하여 드립니다.

http://www.bbulmedia.com

http://www.bbulmedia.com